書苑拾遺

高昌磚誌墨蹟

王褘 主編
馮威 編

上海辭書出版社

導言

吐魯番，古稱高昌，今屬於新疆維吾爾自治區。吐魯番地區過去百年陸續出土的墓磚，是『絲綢之路』上一顆璀璨的文化明珠，這些書有墓誌的墓磚也被稱爲『高昌磚誌』。高昌磚誌具有巨大的文物、歷史、學術、文化和藝術價值，與同地出土的古文書，乃至敦煌石室文物一起，構建了中國古代西域文化的豐富樣貌和成就。

據統計，自一九一〇年首次出土以來至一九九六年，高昌墓磚、共出土三百餘方，年代横跨五世紀中期的北朝至八世紀後期的唐朝約三百餘年，其中又以麴氏高昌王朝和唐朝爲主。這些墓磚多爲三四十厘米見方，以石、木或泥坯爲材質。其上撰書墓誌，簡略記述逝者身世，書寫文字爲漢字，書體包括大量魏楷、唐楷和少量隸楷，雖也有寫後鎸刻，但大部分是寫後未刻的墨書狀態。由於當地的乾燥環境，這些楷書墨蹟多有留存，保存了原初的書寫痕蹟，不但是中國文字發展史上原始遺物，而且是中國書法史上具有不可替代意義的『活』文獻。

中國學者很早就開始關注高昌磚誌的文字和書法價值。二十世紀三十年代，沙孟海先生見到高昌國《畫承及妻張氏墓表》，就其上右側畫承誌文已刻而左側夫人張氏誌文朱書寫後未刻之現象，曾與友人寫信討論兩晋南北朝書蹟的寫體與刻體問題。啓功先生亦在其著名的《論書絶句》第六首中，稱讚『翰墨有緣吾自幸，居然妙蹟見高昌』。此後幾十年間，學界偶有談及高昌磚誌書法價值。及至二十世紀七十年代末期中國敦煌吐魯番學勃興後，馬雍、王素、張銘心、王玉池等各界學者將討論引向縱深，惜影響力限於學術圈。

二十世紀八十年代，隨着書法熱的興起，書法取法範圍逐步擴大，所謂『民間書法』進入學書視野。近年來，關於筆法『古法』的研究和實踐漸成風潮，人們已不滿足於衹看到宋以前經典的摹拓或刻本，對原汁原味真蹟的需求大增。在這些思潮的驅動下，由無名書手書寫、保存墨蹟的高昌磚誌正在吸引書法研究者和學習者的目光。

關於高昌磚誌的書法學習價值，啓功先生早在二十世紀八十年代初便已挑明。高昌磚誌中魏楷墓誌的書寫年代與南北朝大致相當，對此，啓功先生指出：『高昌墓誌出土以後，屢見奇品。其結體、點畫，無不與北碑相通。且多屬墨蹟，無刊鑿之失，視爲書丹未刻之北碑，殆無不可。』也就是説，高昌磚誌中的墨蹟有助於今人更好地學習因刊刻而變形的北碑書法。不僅如此，當直面這些磚誌墨蹟時，我們還會有衆多新發現。比如，墨蹟中魏楷的方筆雖然没有北碑那樣鋒棱畢現，但是也没有一般唐楷那麽鋒圓勢轉；筆法都較爲質樸、簡潔，絶無現代書法入門强調的所謂『起筆回鋒』。當然，這些磚誌的書法水平參差不齊，加之審美價值判斷標準因時而變，故而擇善而從至爲關鍵。

由於種種原因，過去百年間關於高昌磚誌的研究成果大多以論文、專著、圖録、文獻集等專業方式出版，量少價昂，不便大衆接觸。緣此，我們從一九三〇年中瑞西北科學考查團出版的《高昌磚集》中，擇要選出具有一定書法學習價值的四十六方磚誌，依書寫時間爲序，並參照以往學術成果作了釋文。爲體例故，對原版圖片進行了高清修復，並統一尺寸，尚希周知。

和平二年壬申歲，八月朔丙申。鎮西府虎牙将軍、領内幹将氾紹和，七月廿七日卆。春秋五十有八也，以八月一日申時塟扵墓也。夫人燉煌張氏，
享年六十二。

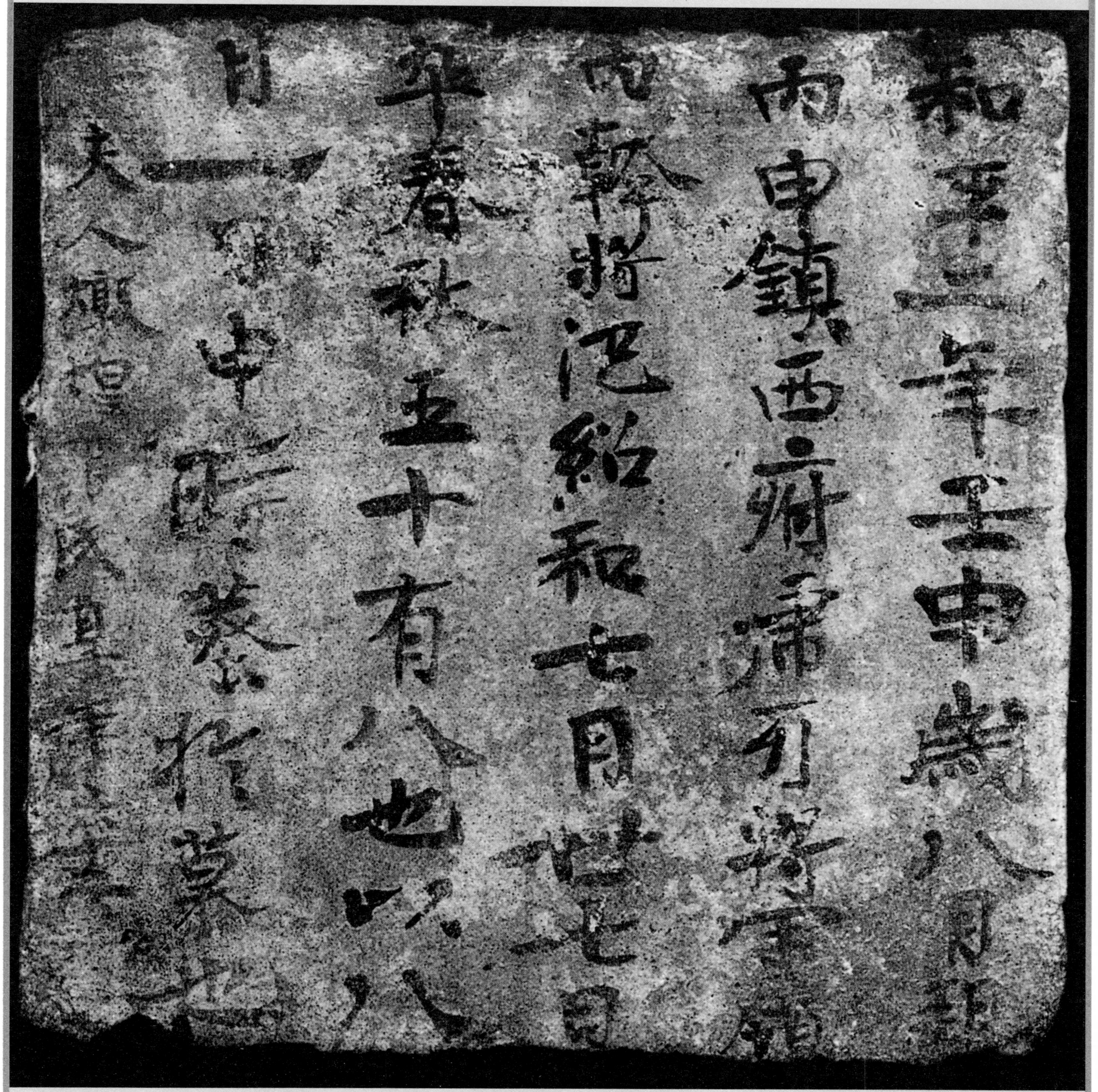

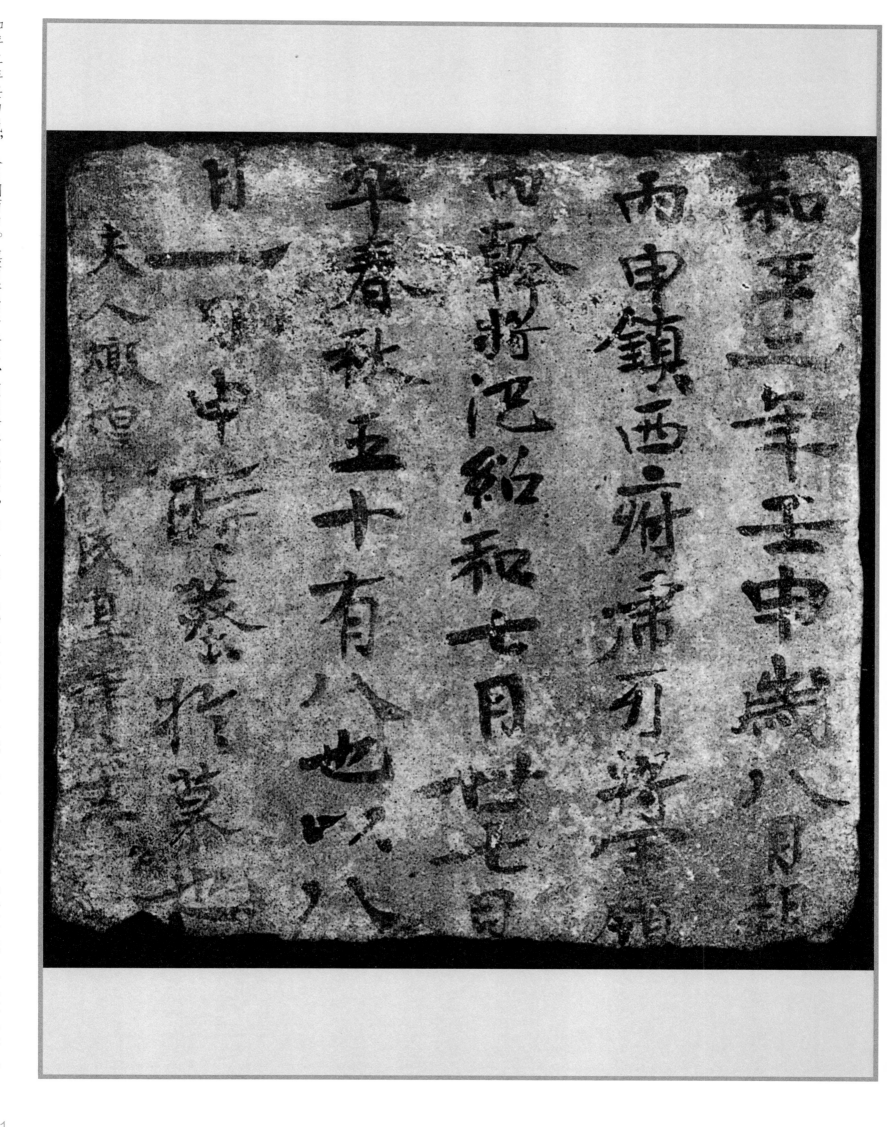

建昌元年乙亥歲，正月朔壬午，十二日水巳。鎮西府侍内幹將趙榮宗夫人韓氏，春秋六十有七，寢疾卒。趙氏妻墓表。

建昌四年戊寅歲，二月甲子朔，十六日戊寅。兵曺司馬麴郍妻，㝔於交河城西白，字阿度女。麴氏之墓表。

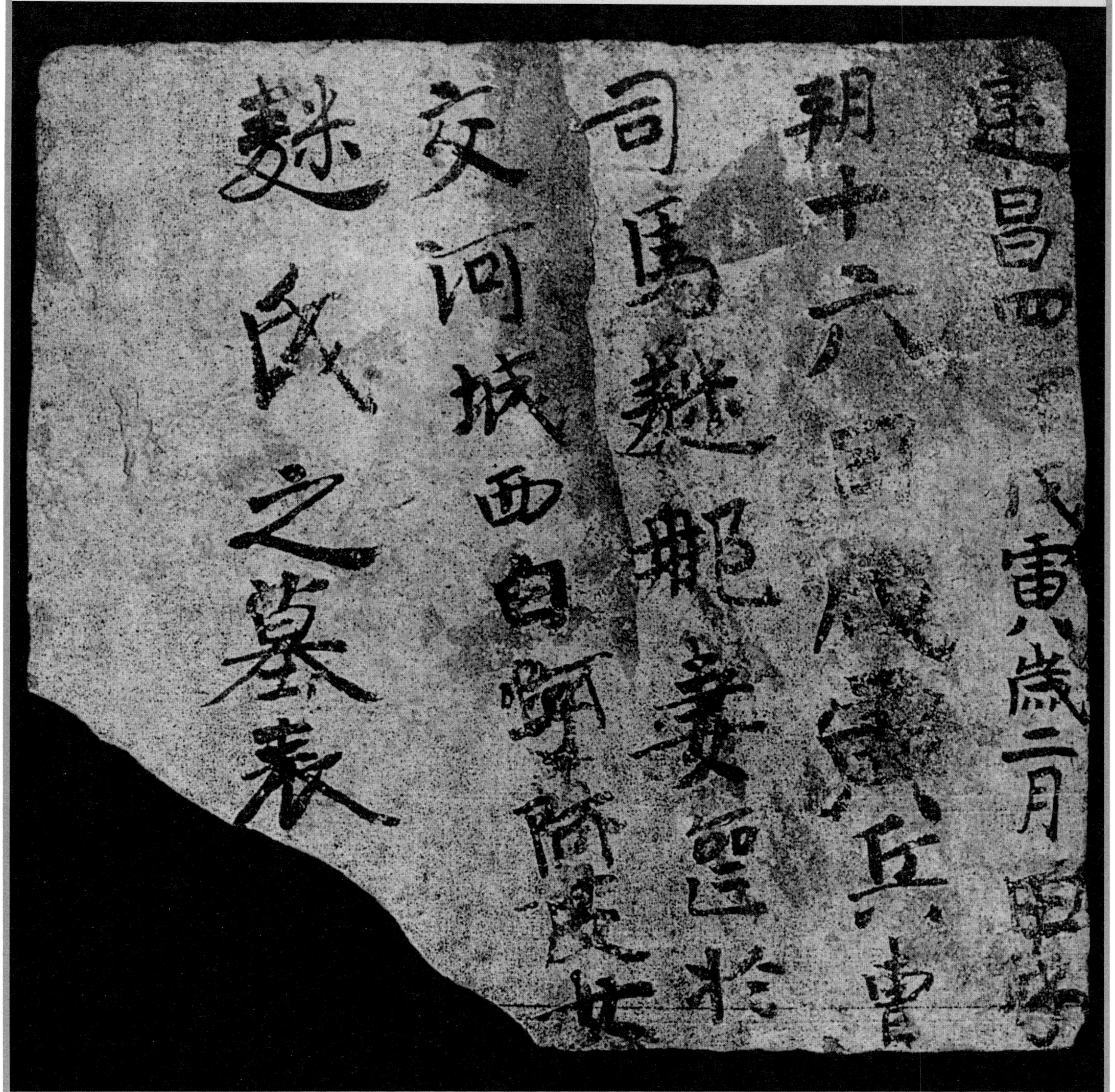

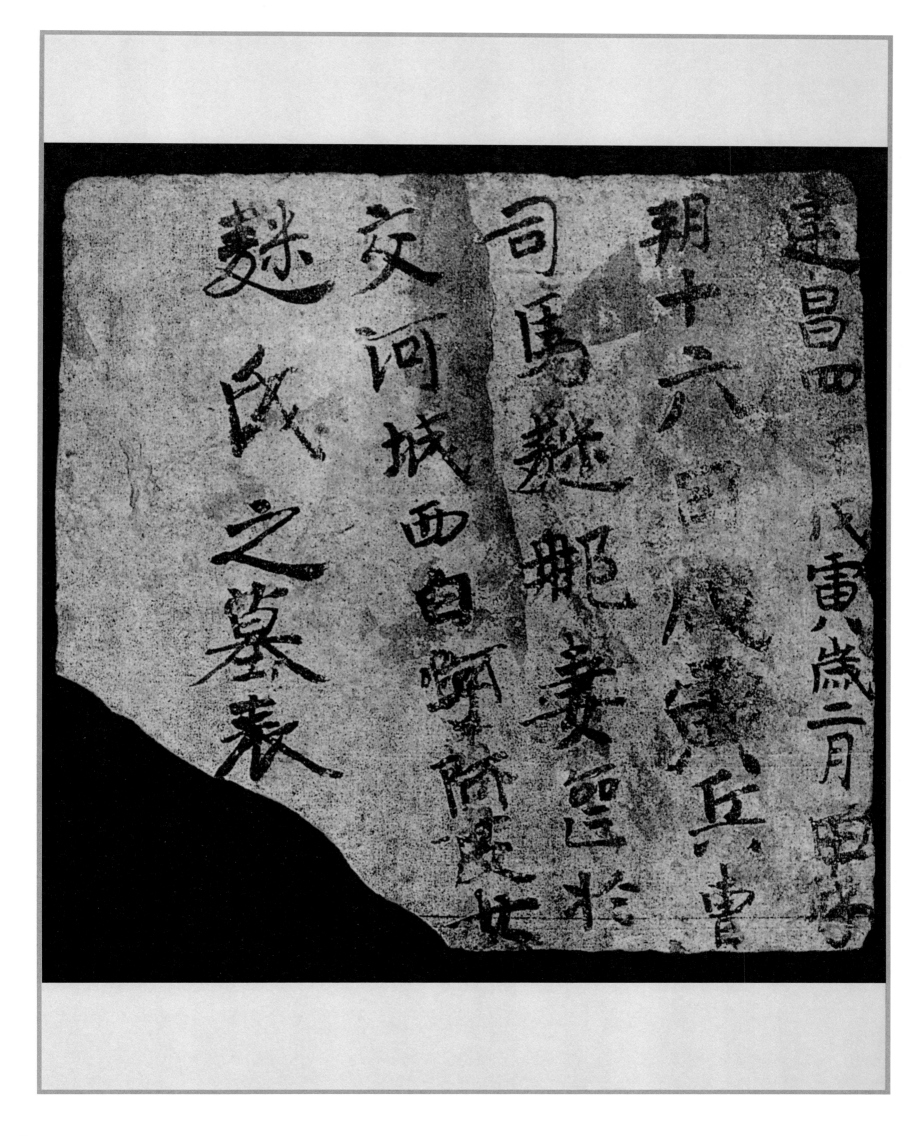

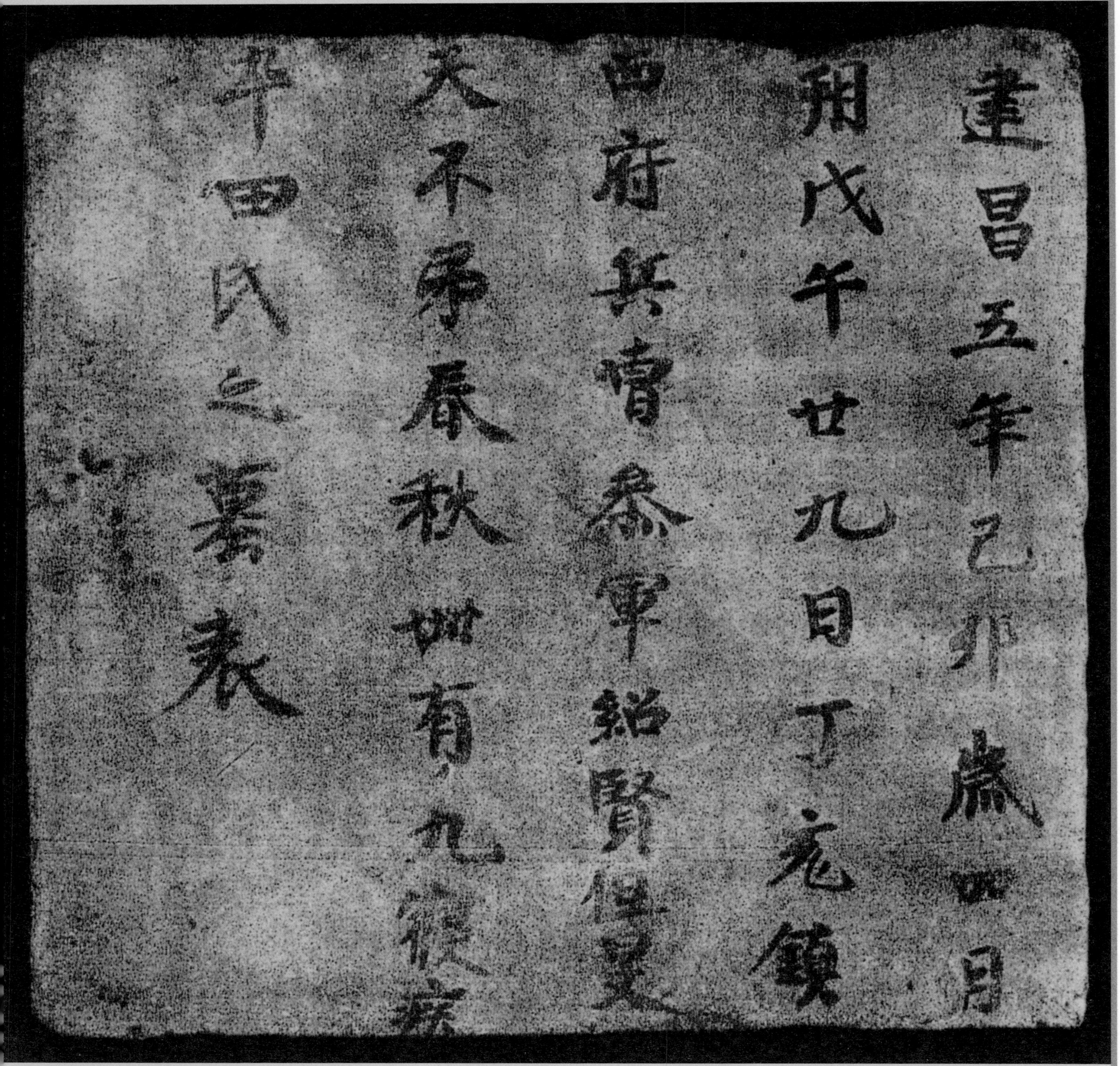

建昌五年己卯歲，四月朔戊午，廿九日丁亥。鎮西府兵曺叅軍紹賢，但旻天不弔，春秋卌有九寢疾卒。田氏之墓表。

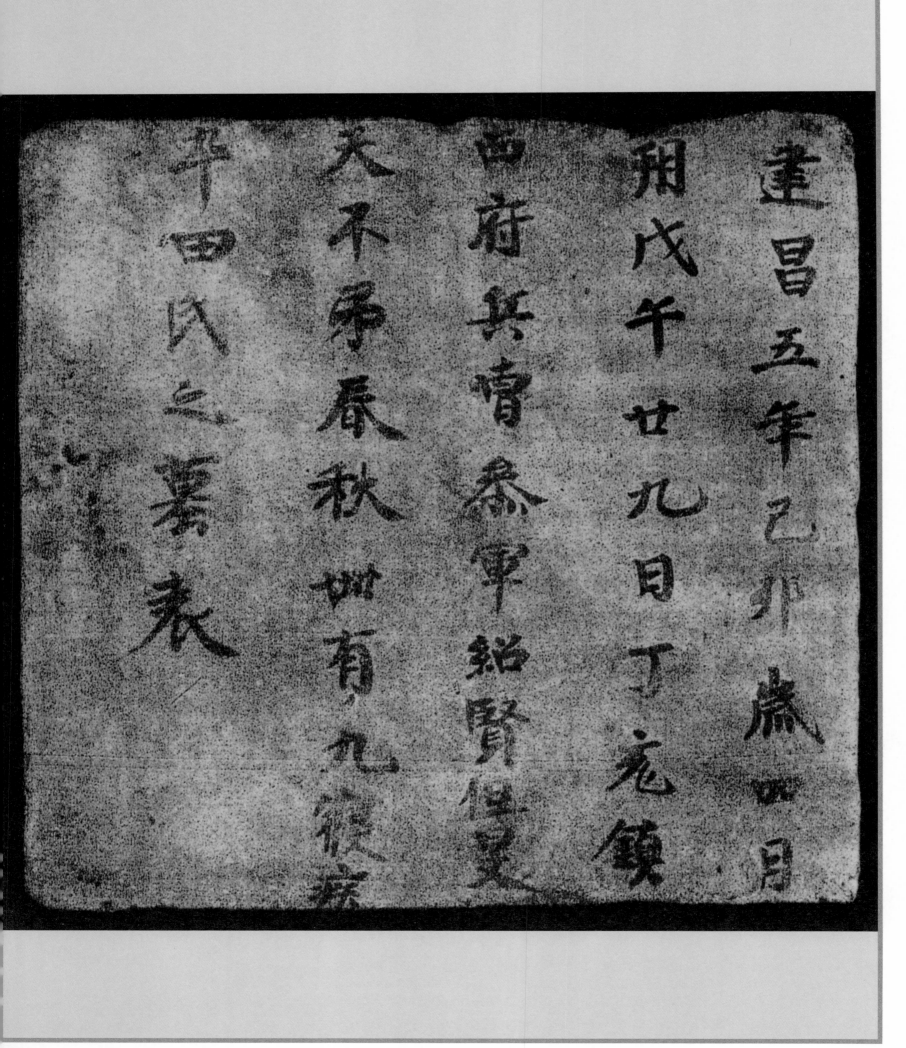

延昌二年壬午歲，四月朔庚子，十一日庚戌。鎮西府省事，後□功曺，寢疾卆，春秋□□八有，塟於西陵。張氏□□表。

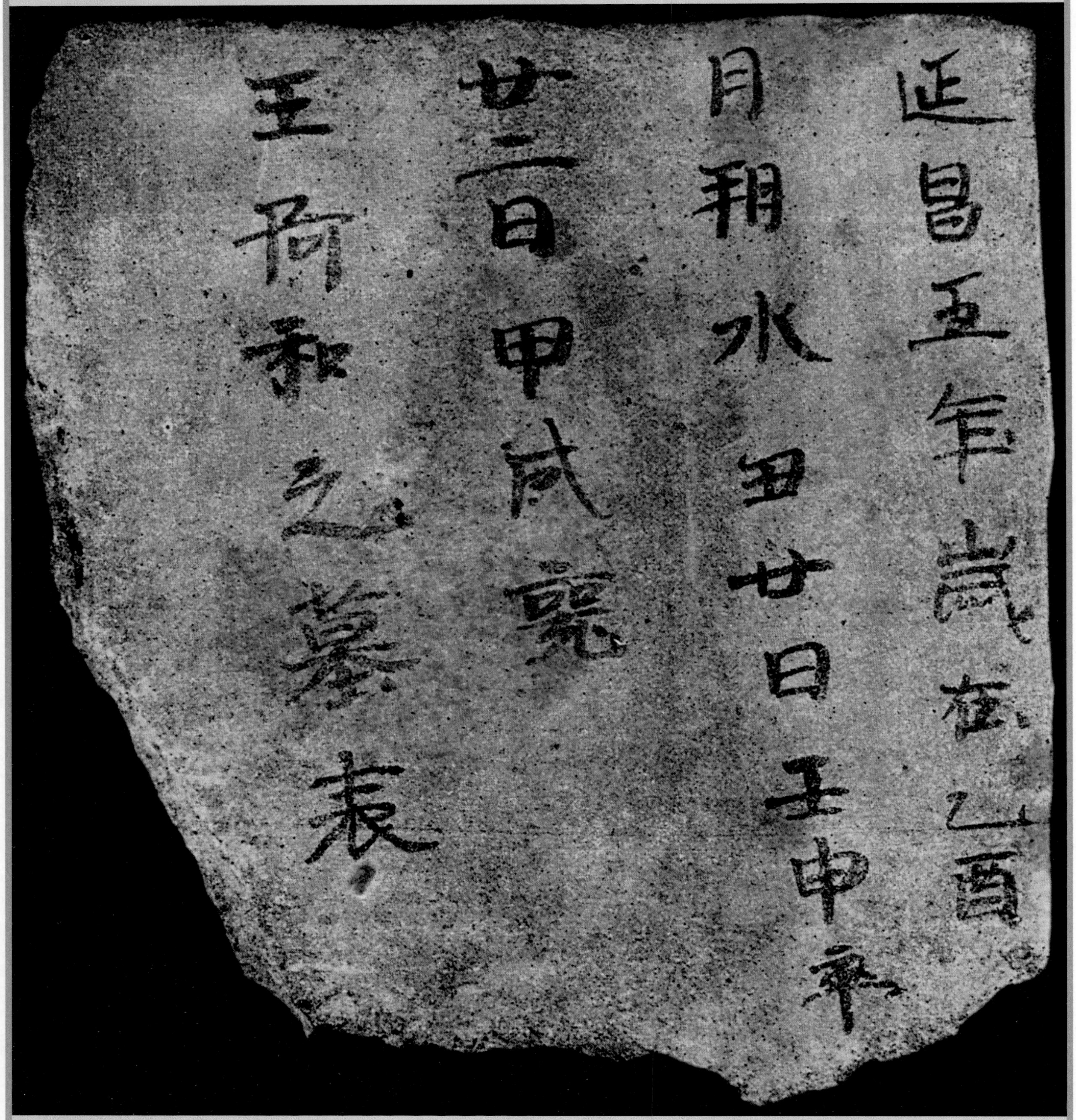

延昌五年，歲在乙酉，二月朔水丑，廿日壬申卒，廿二日甲戌窆。王阿和之墓表。

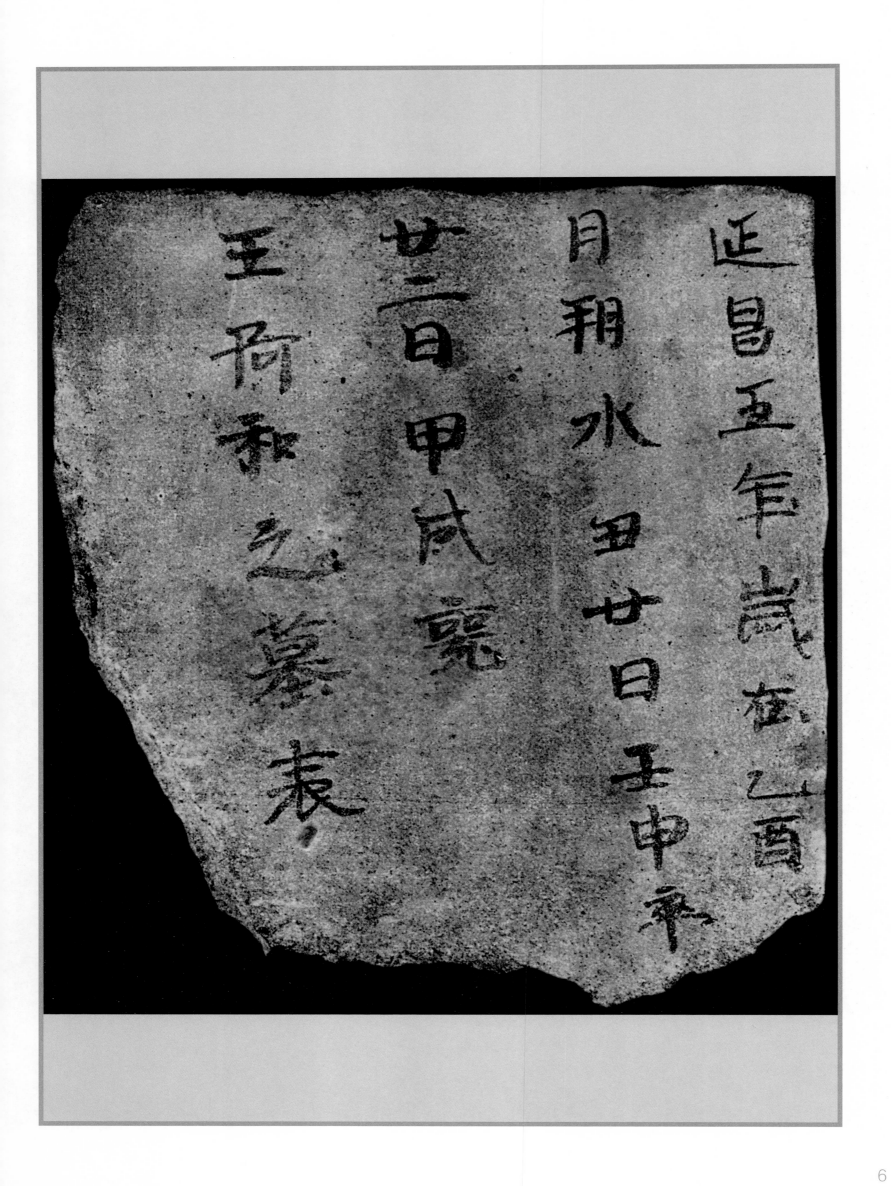

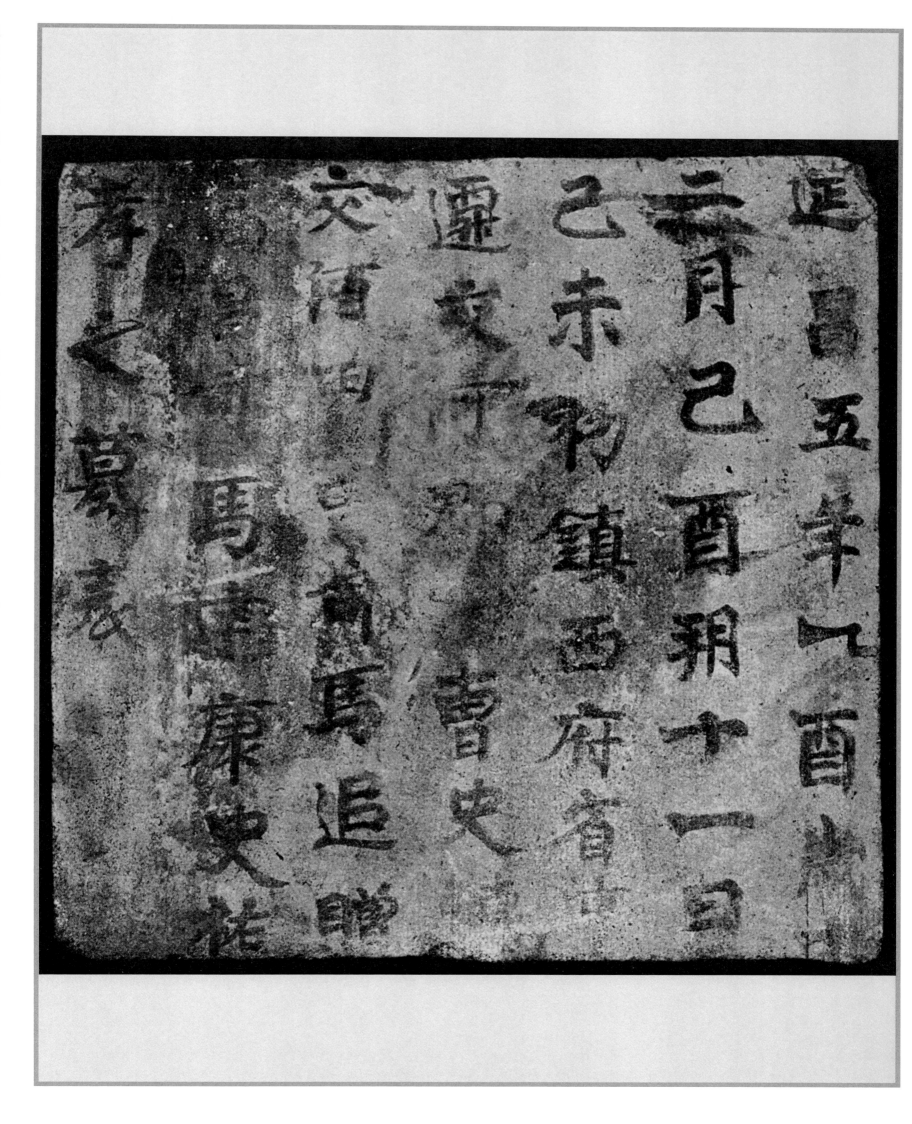

延昌五年乙酉歲，十二月己酉朔，十一日己未。初鎮西府省事，遷交河郡功曺史，轉交河田曺司馬，追贈高昌司馬。建康史祐孝之墓表。

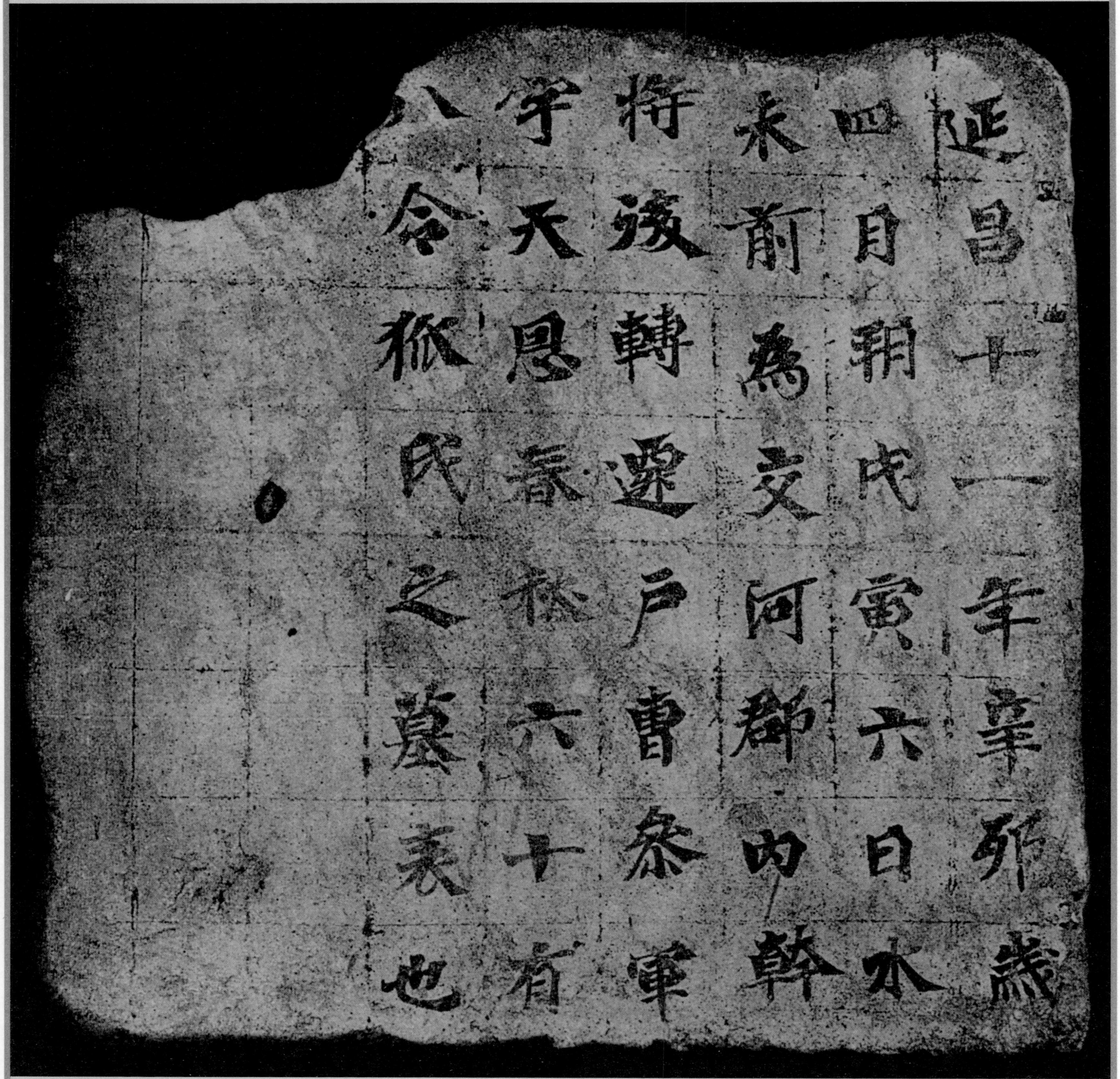

延昌十一年辛卯歲，四月朔戊寅，六日水未。前為交河郡内幹將，後轉遷户曹叅軍，字天恩，春秋六十有八。令狐氏之墓表也。

延昌十三年水巳歲，三月朔丙寅，廿六日辛卯。虖牙將軍索顯忠妻曺氏，寢疾卒靈柩塟。文表於墓也。

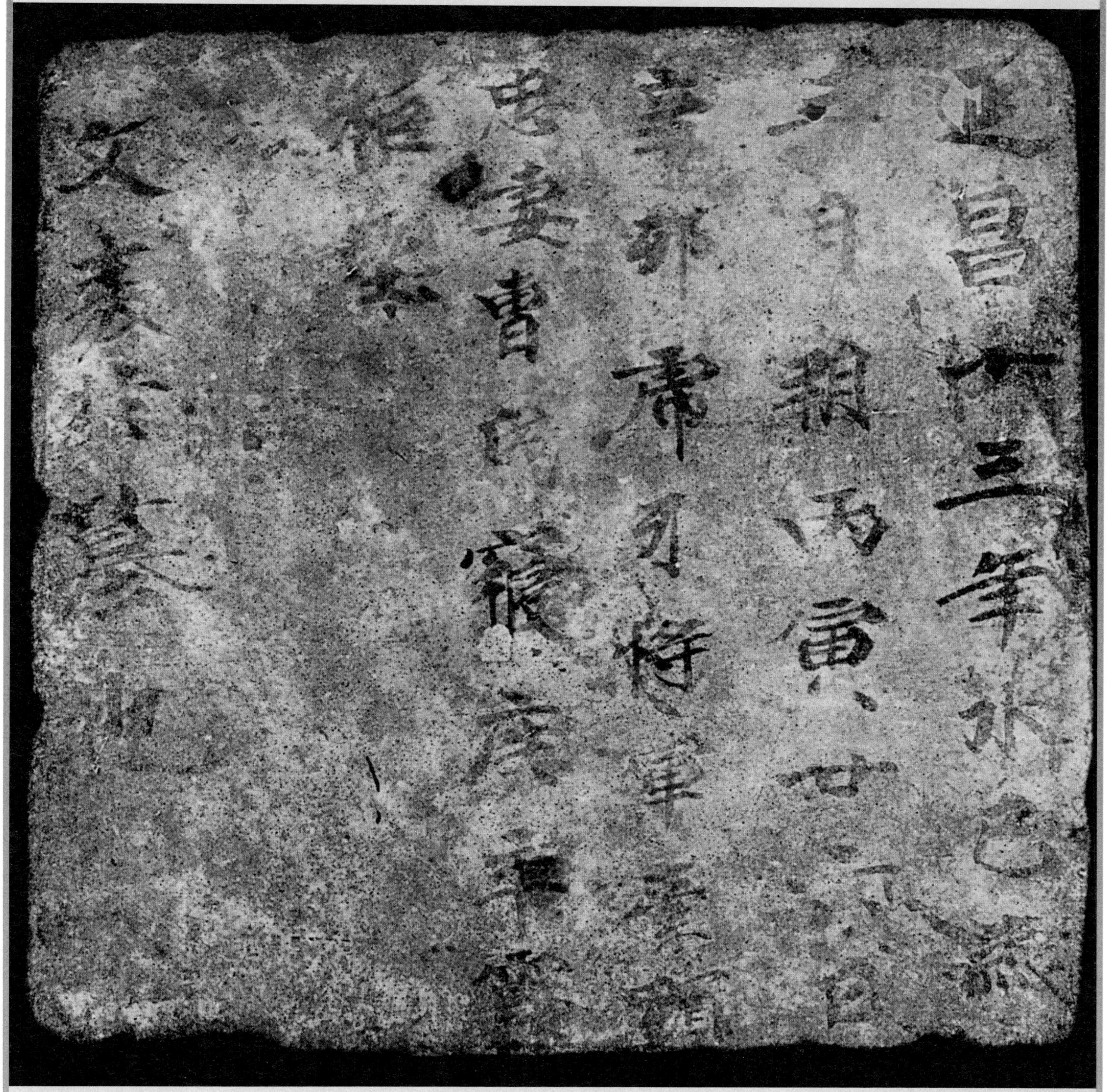

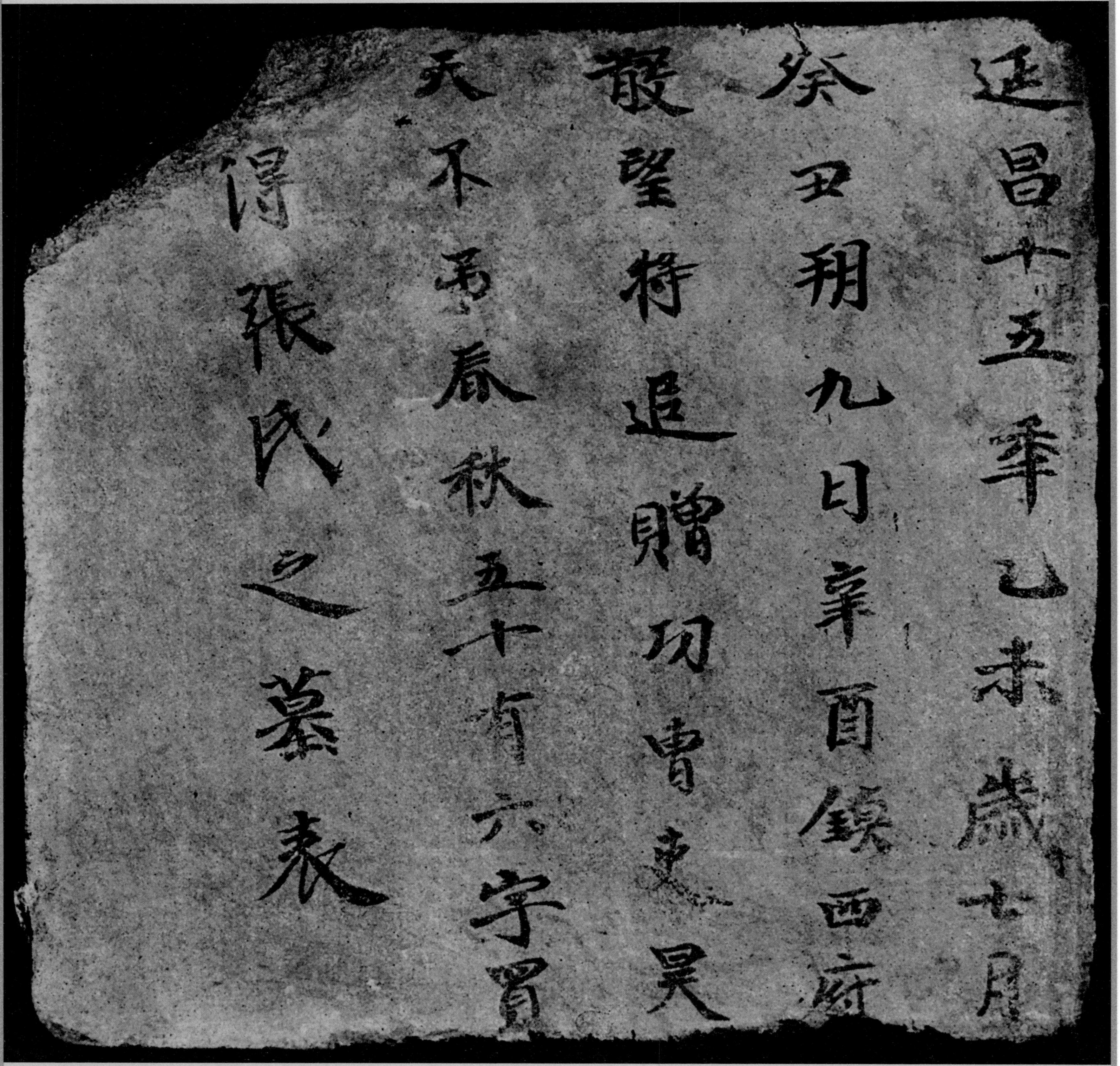

延昌十五季乙未歲，七月癸丑朔，九日辛酉。鎮西府散望将，追贈功曹吏，昊天不弔，春秋五十有六，字買淂。張氏之墓表。

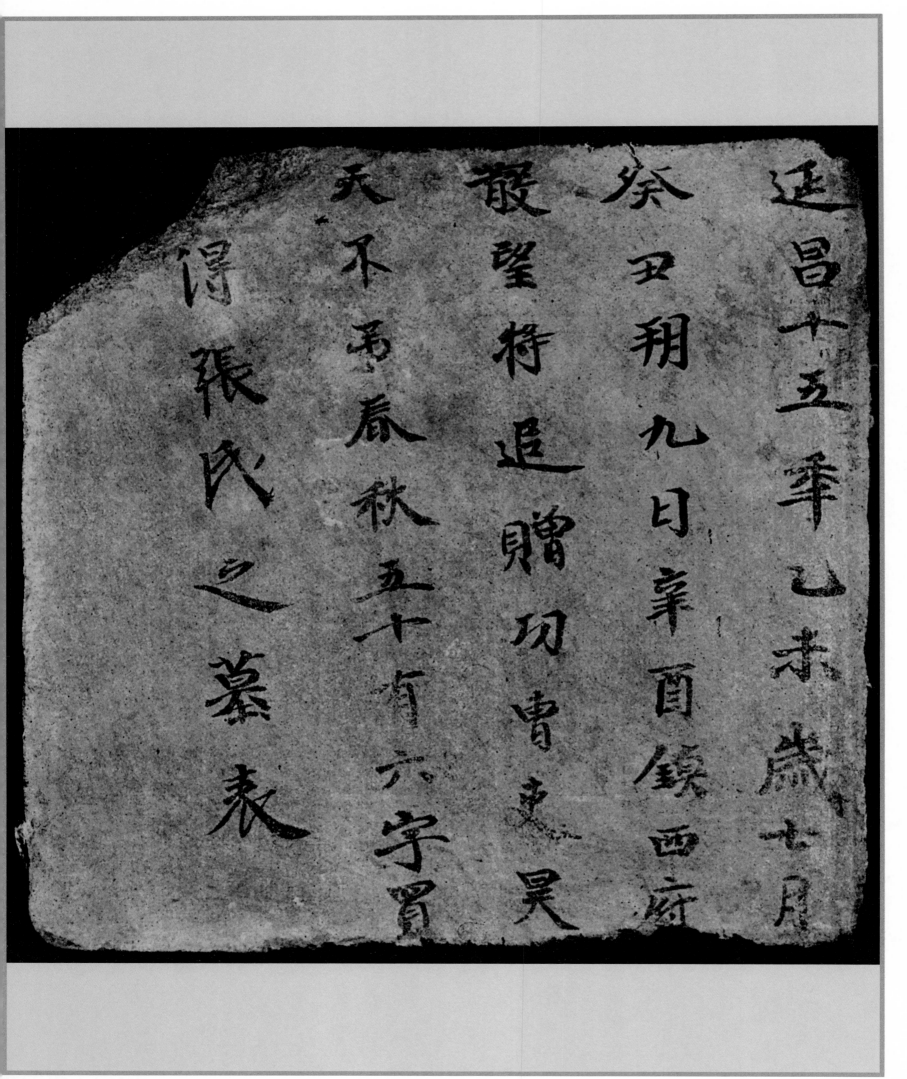

延昌十七年丁酉歲，七月壬申朔。鎮西府帶閤主簿，遷兵曹司馬，追贈高昌兵部司馬，字彈郍，春秋六十九寢疾卆。夫人燉煌張氏。麴氏之墓表。

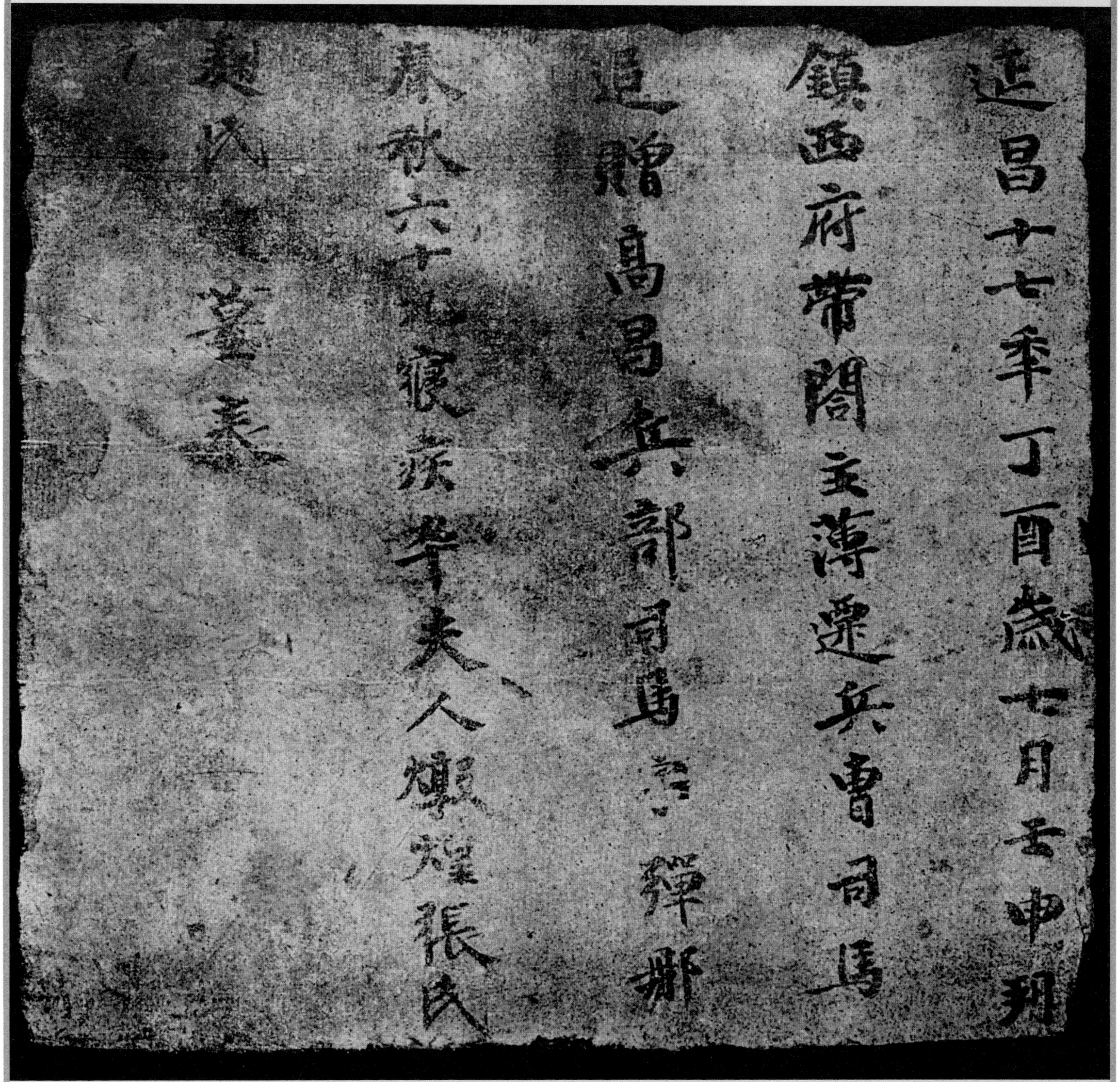

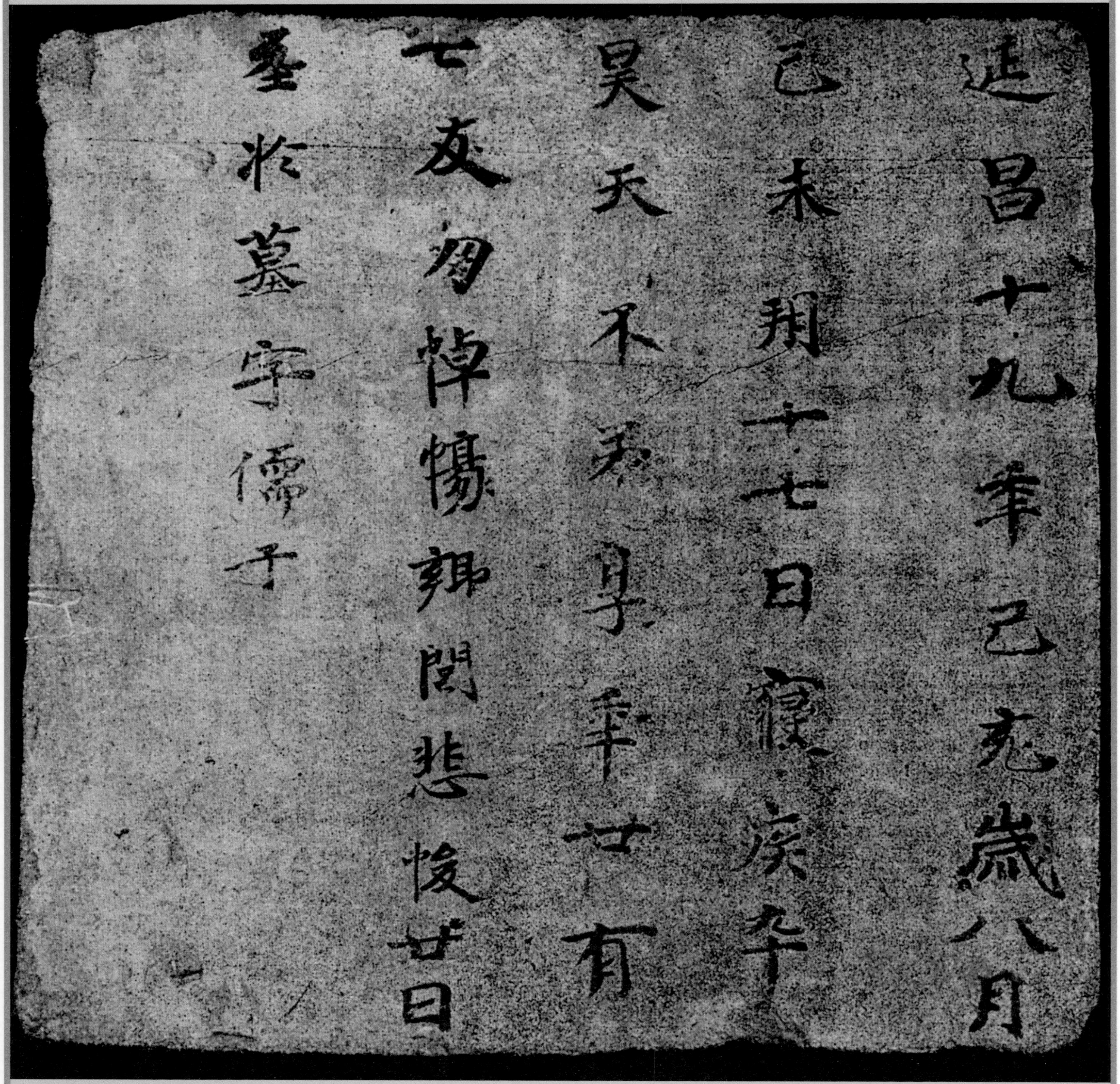

延昌十九季己亥歲，八月己未朔，十七日寑疾卆。昊天不弔，享季廿有七，友朋悼慯，鄉閭悲悛。廿日壆於墓。字儒子。

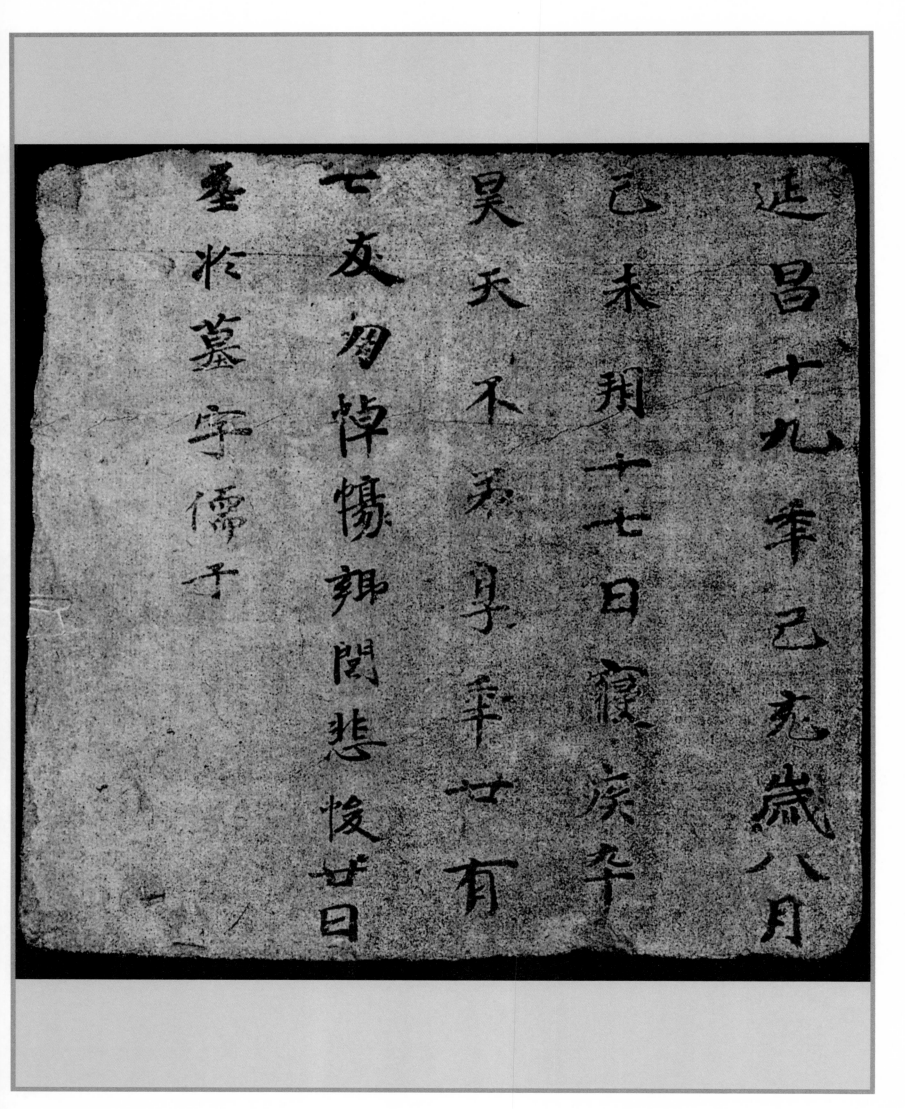

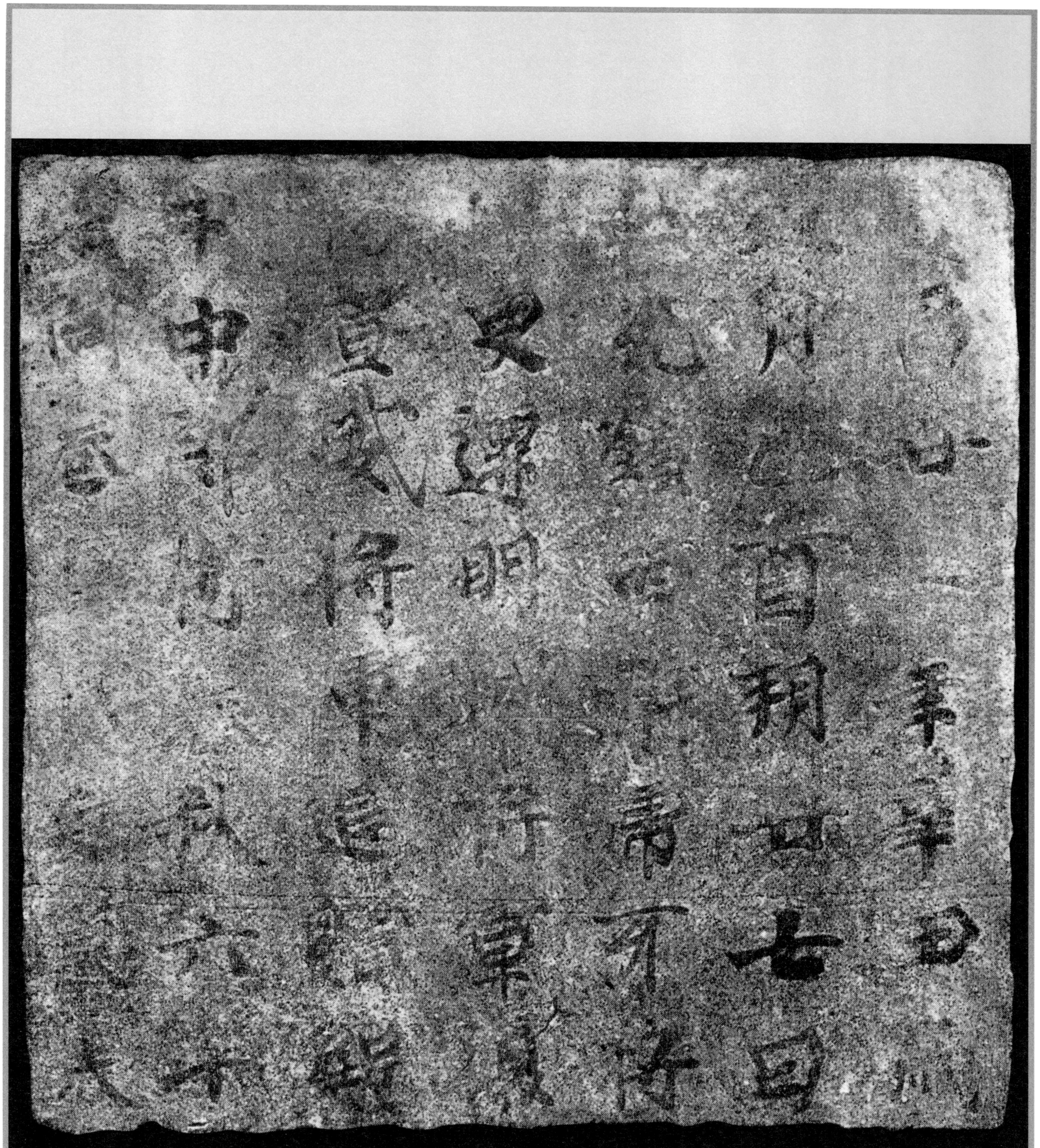

延昌廿一季辛丑歲，五月己酉朔，廿七日乙亥。鎮西府虎牙將軍，更遷明威将軍，復轉宣威将軍，追贈殿中中郎将，春秋六十，字阿卷。馬氏之墓表。

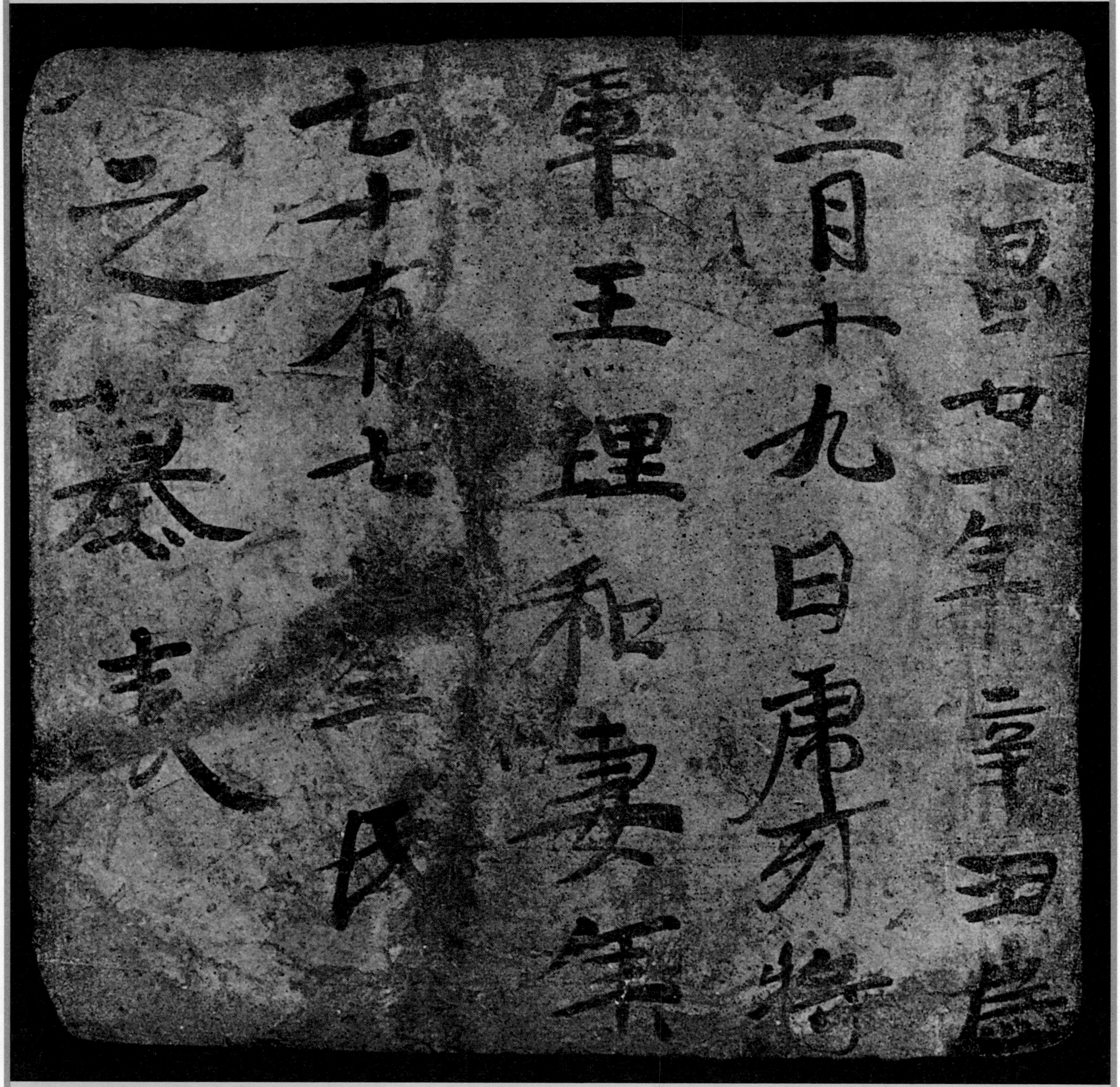

延昌廿一年辛丑歲，十二月十九日。虎牙將軍王理和妻，年七十有七。董氏之墓表。

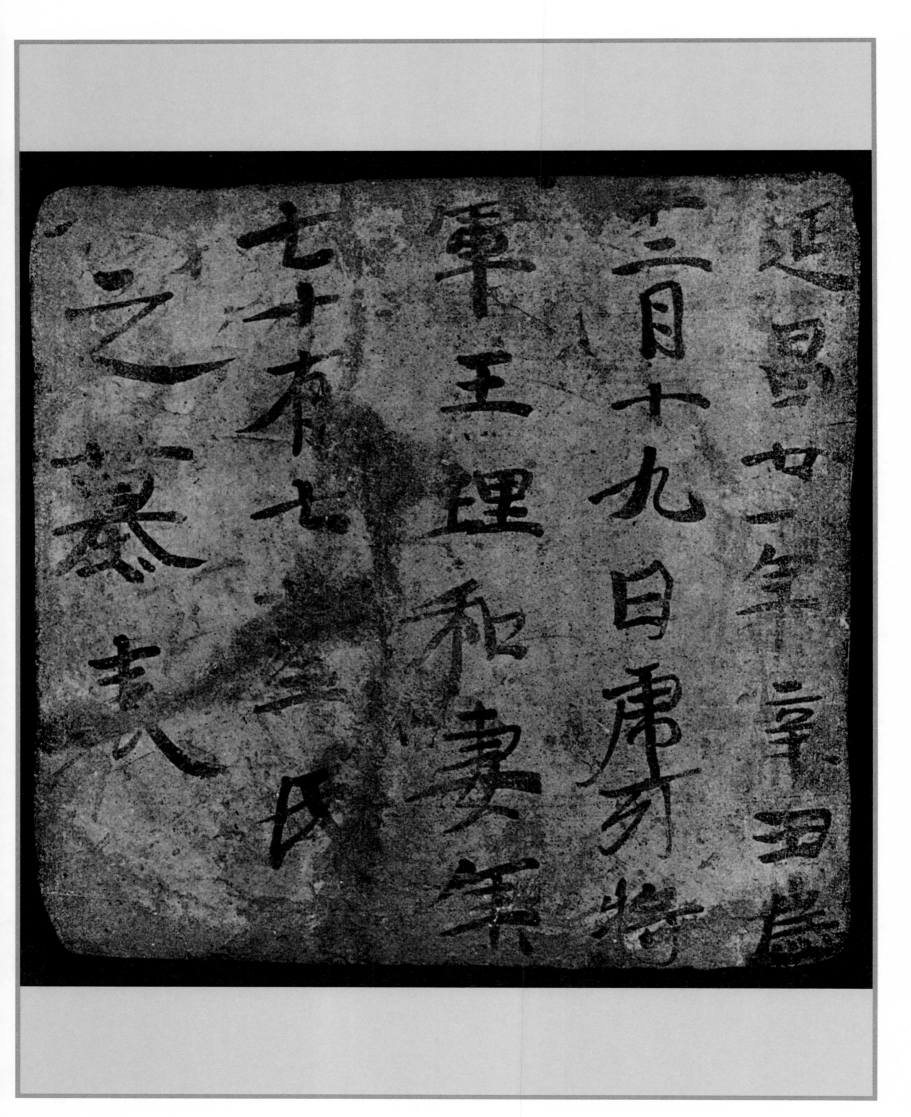

延昌廿二年壬寅歲，正月朔乙巳，九日水丑。户曹叅軍黨内事，蘓玄勝妻賈氏，春秋六十有六。□□拎墓。

延昌廿二年壬寅歲，四月甲□朔，三日丙子。鎮西府田曺叅軍畫神邕妻，建康周氏之墓表也。

延昌廿四季甲辰歲，二月朔水巳，二日甲午。新除兵曺叅軍麴顯穆，春秋□十有七。麴氏之墓表。

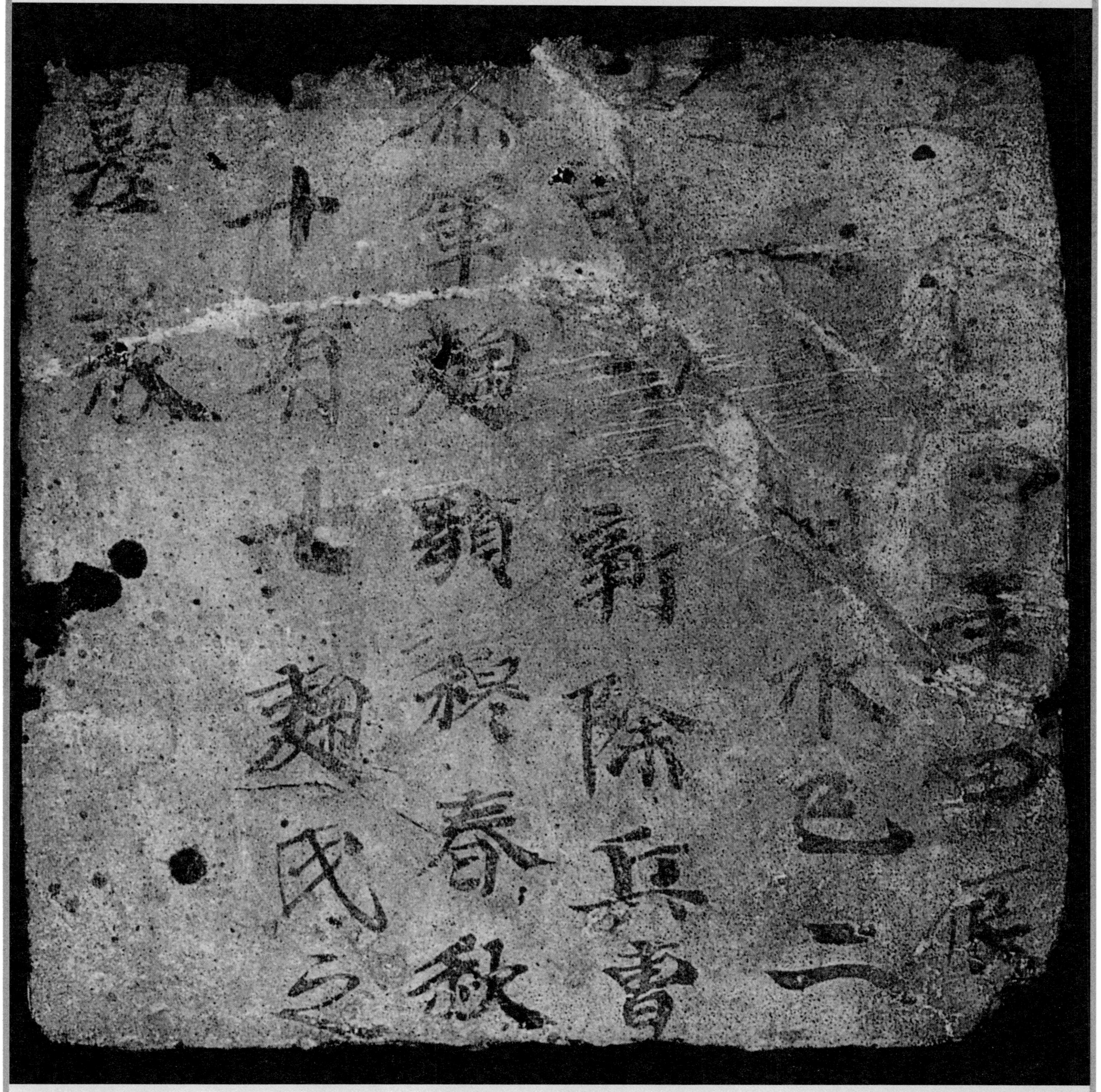

延昌廿七年丁未歲，五月朔甲戌，十七日庚寅。初為虎□將軍，後轉内幹將，□遷追贈明威將軍，扵交河郡薨亡扵位，春秋八十。張氏之墓表。

延昌廿八年戊申歲，正月朔庚午，廿五日，甲午。□□將妻遇□□□□□位春秋□十有三。周氏□□之墓表。

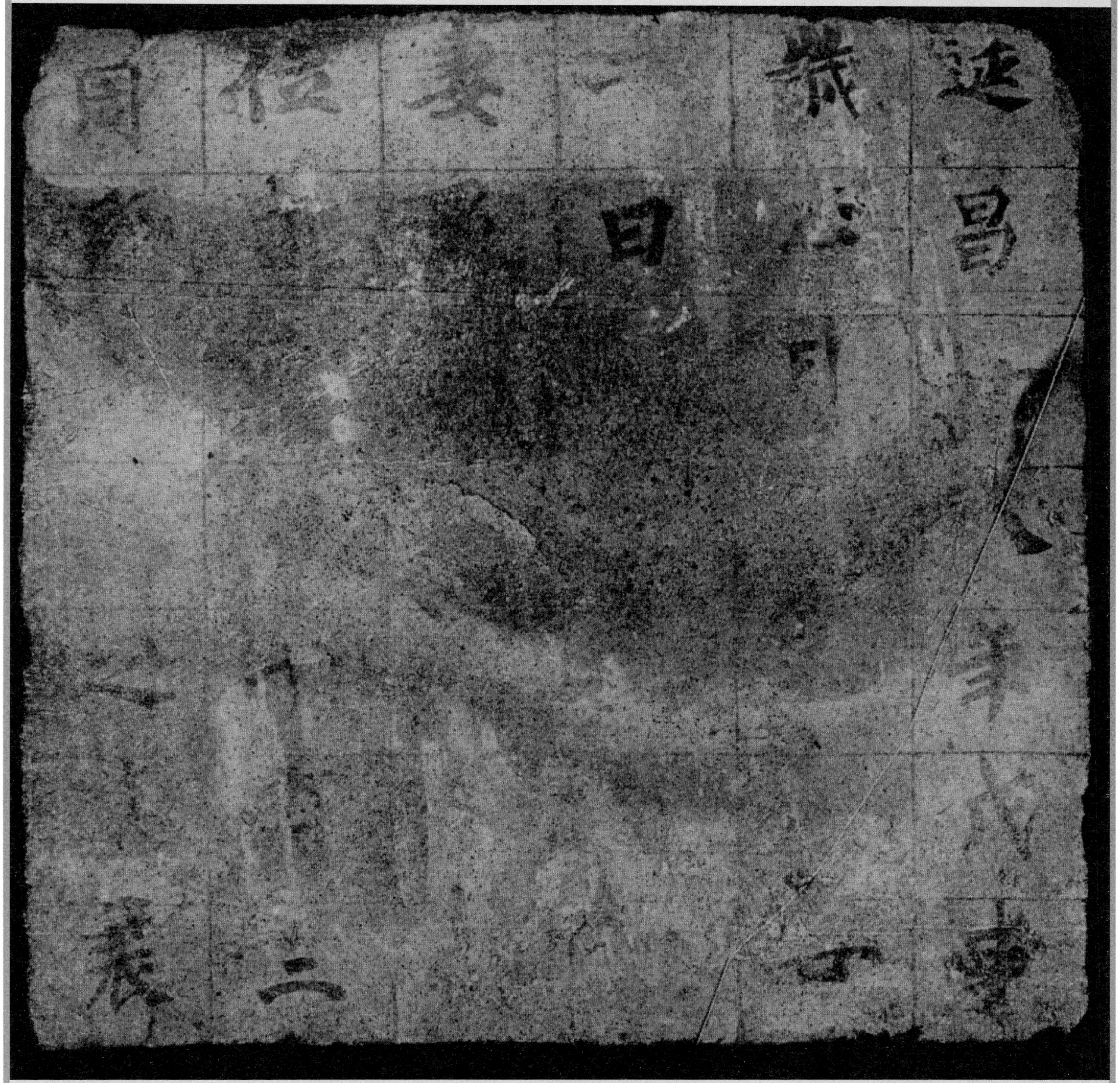

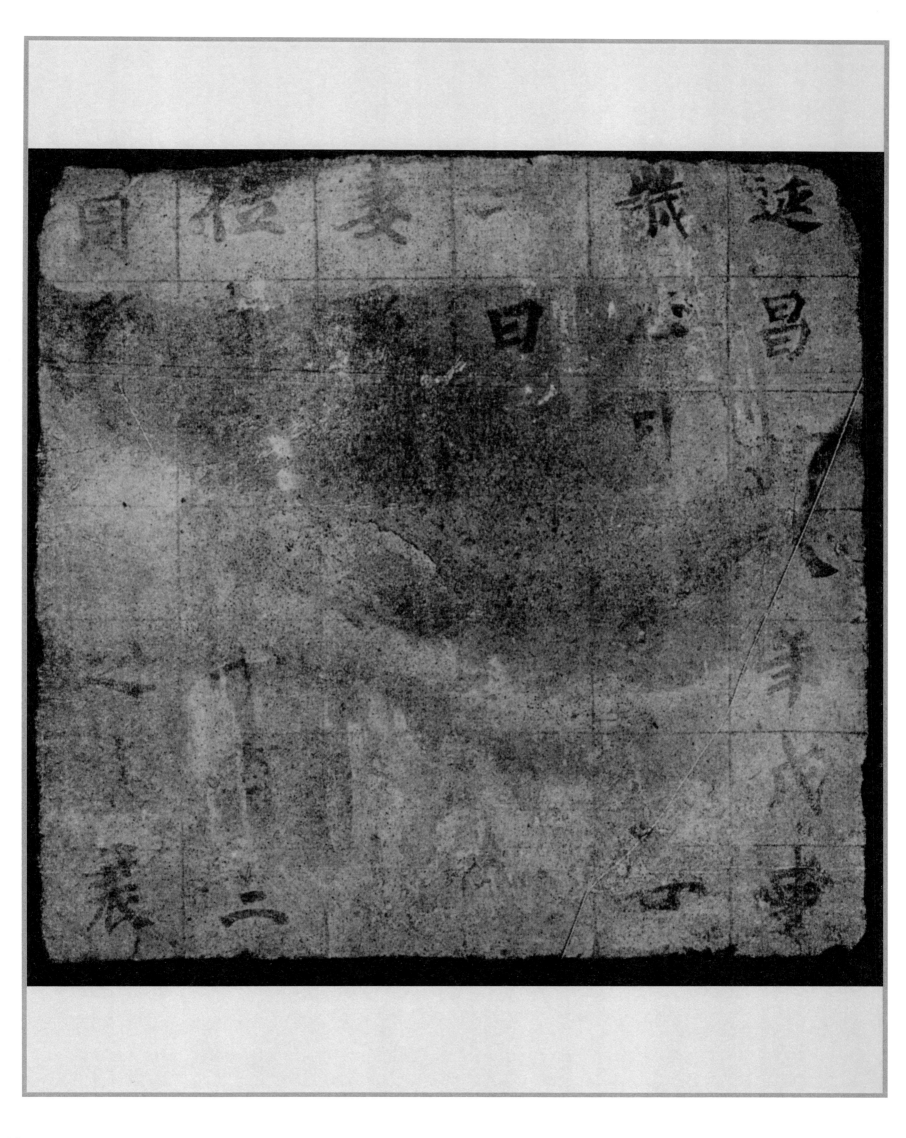

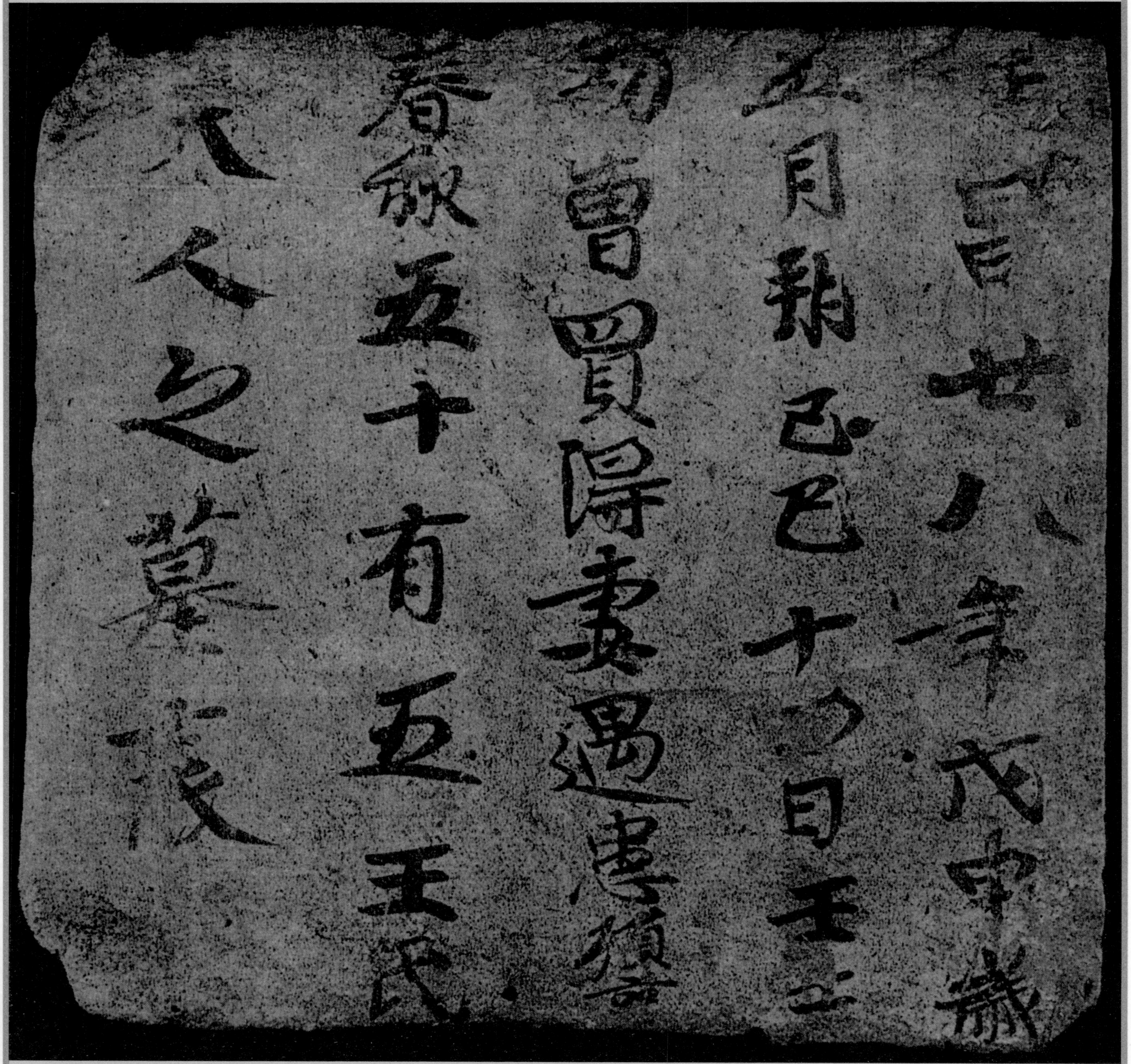

延昌廿八年戊申歲，五月朔己巳，十四日壬午。功曺買淂妻遇患殞喪，春秋五十有五。王氏夫人之墓表。

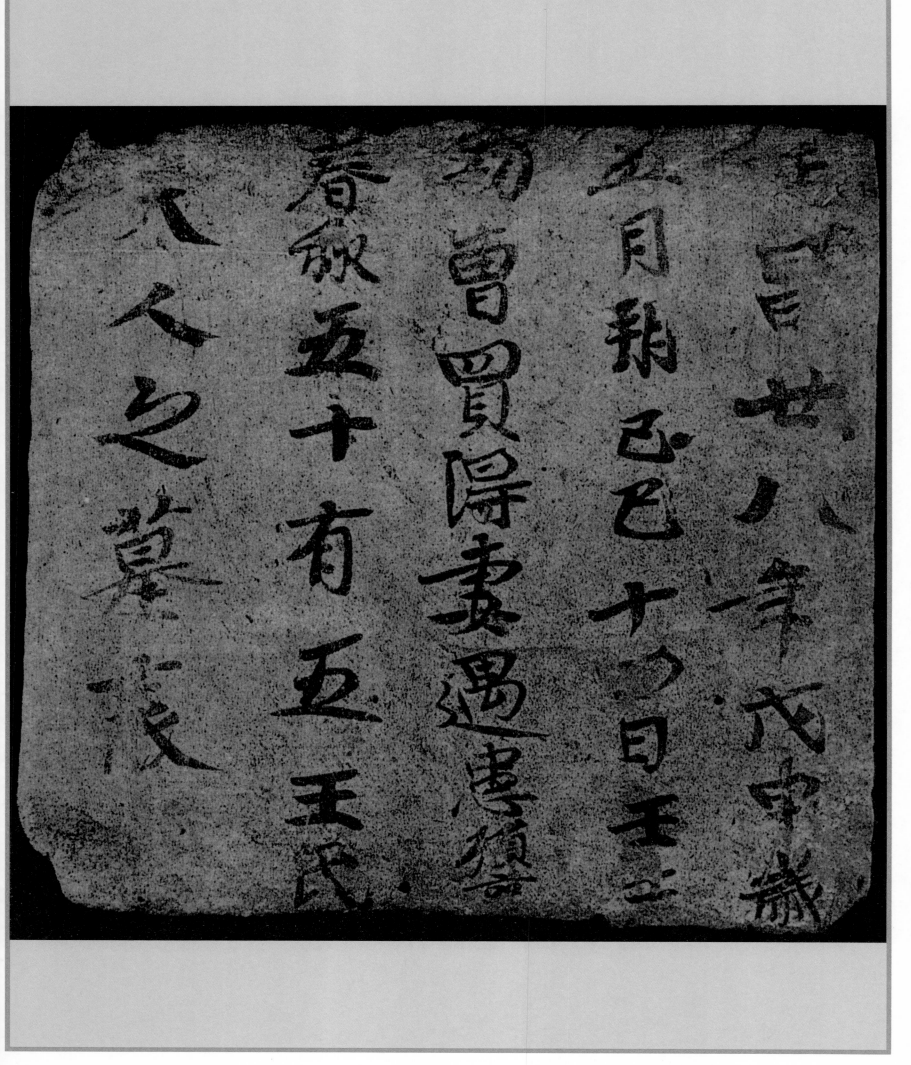

延昌卅一年辛亥歲，三月朔壬午，九日庚寅。新除交河中兵条軍，轉遷客曹司馬，更遷倉部司馬，追贈倉部長史。金城麴懷祭之墓表。

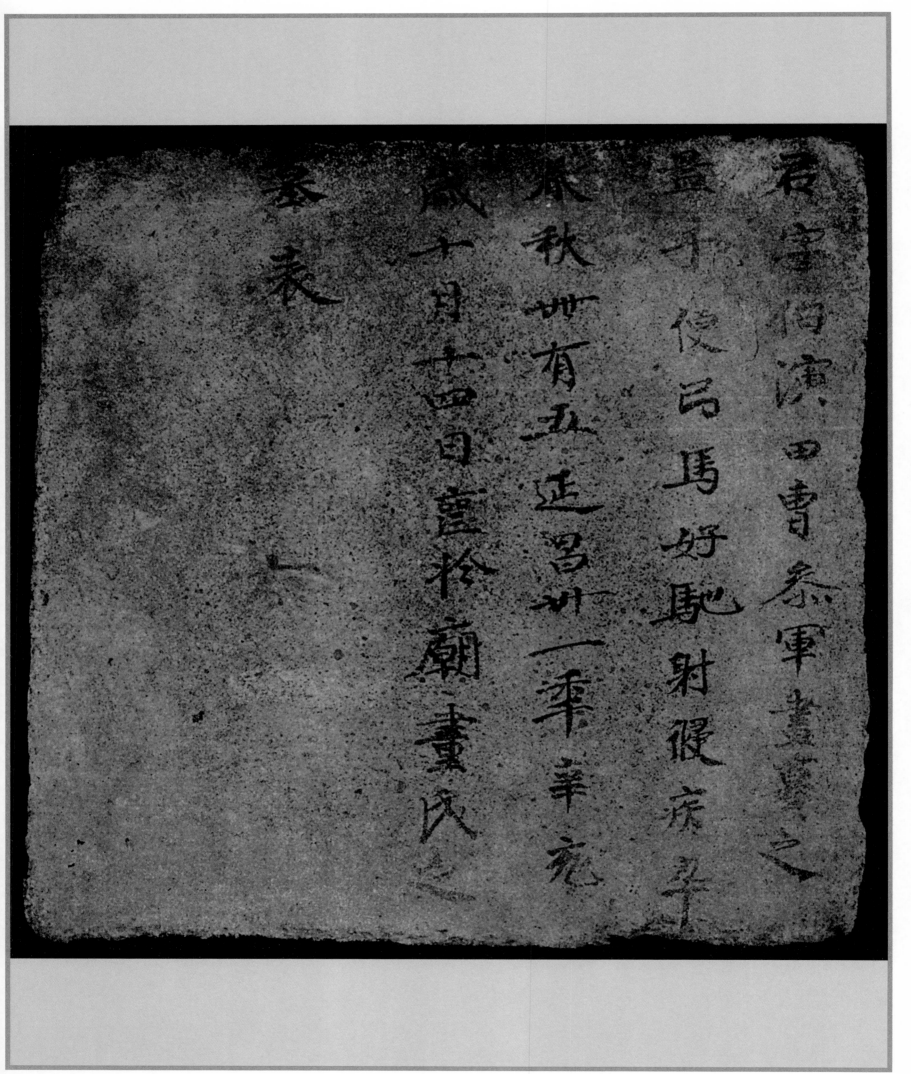

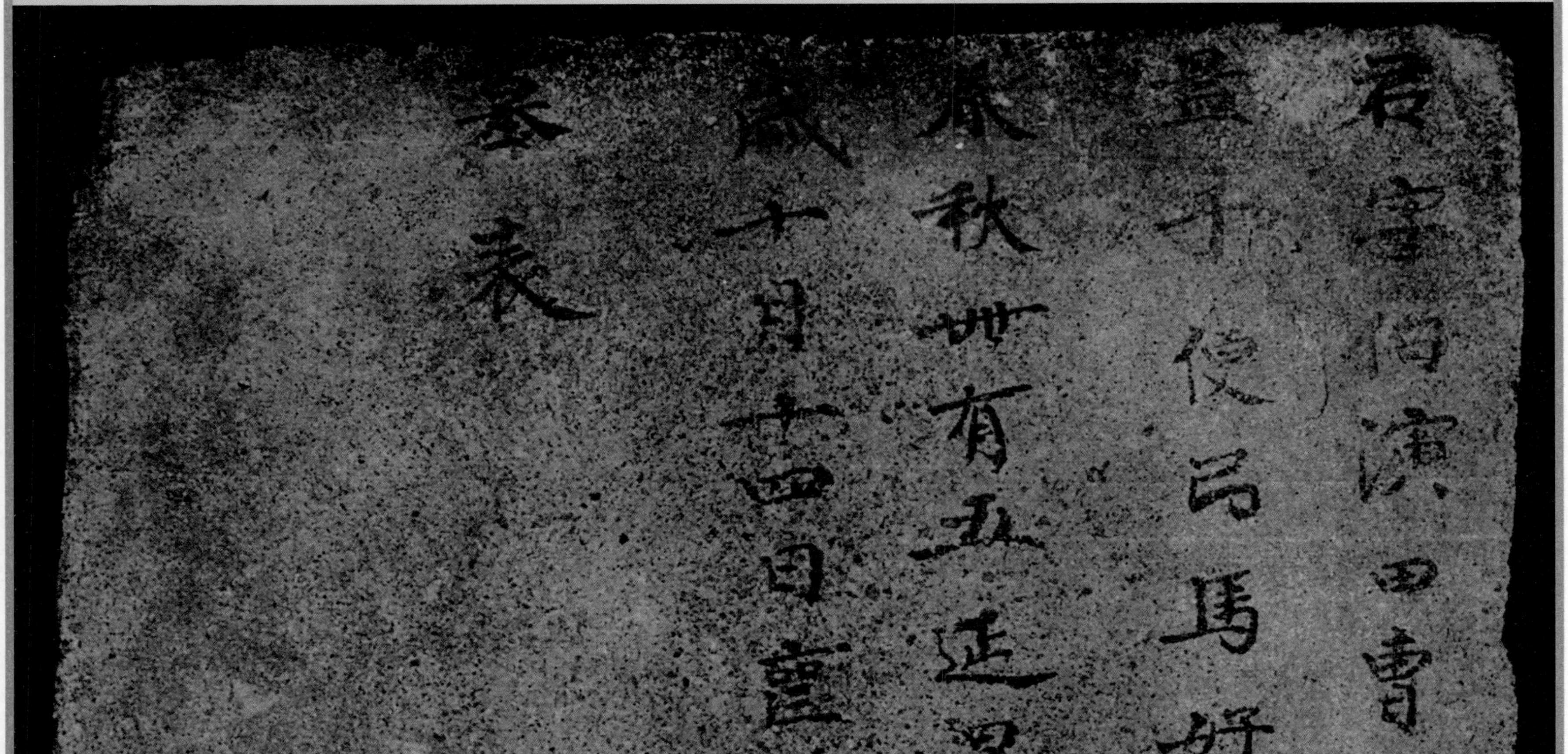

君字伯演，田曺叅軍畫纂之孟子。便弓馬好馳射，寢疾卆。春秋卌有五。延昌卅一季辛亥歲，十月十四日窆扵廟。畫氏之墓表。

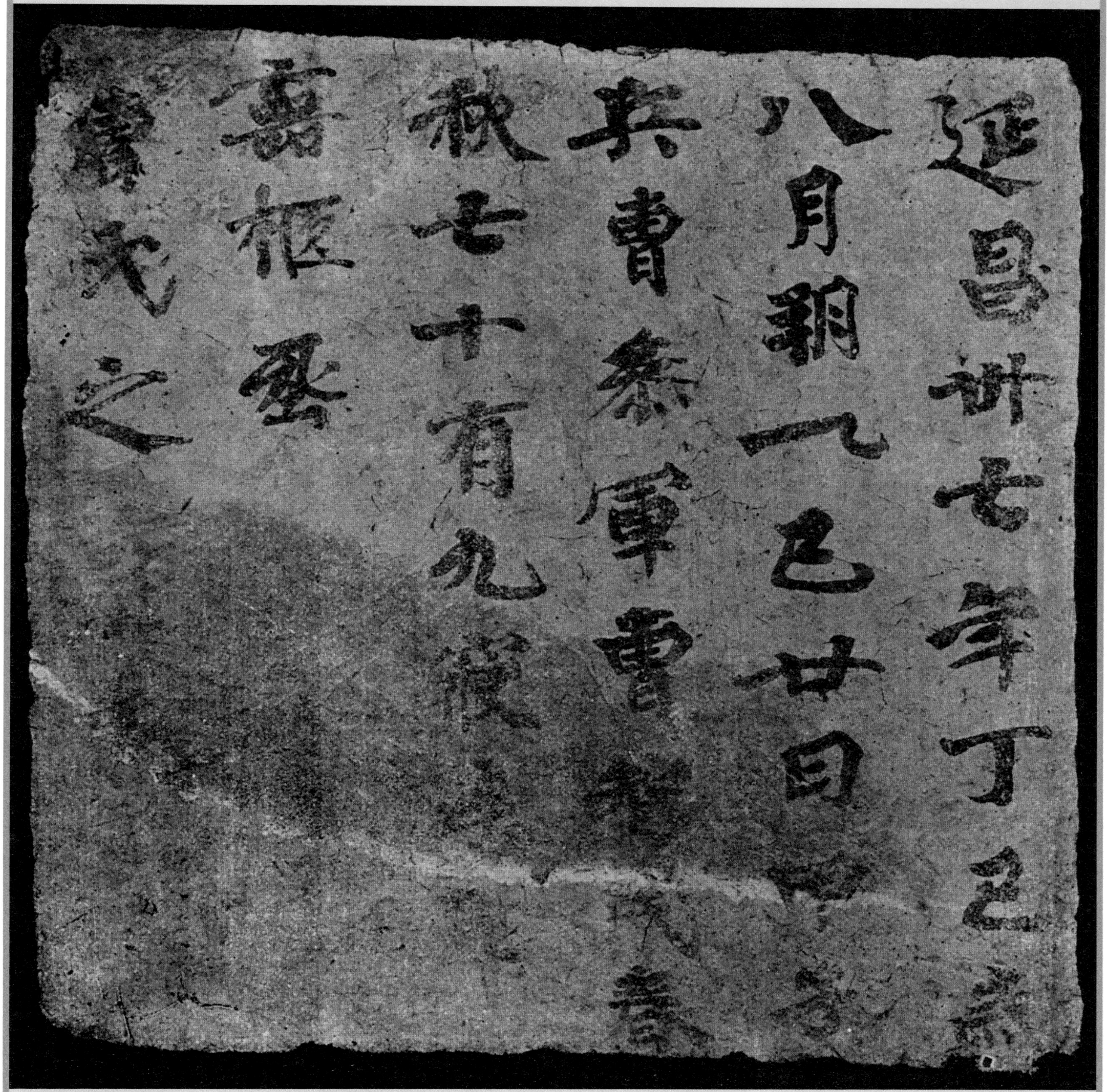

延昌卅七年丁巳歲，八月朔乙巳，廿日甲子。兵曺叅軍曺智茂，春秋七十有九，寢疾卆，靈柩堊。曺氏之墓表。

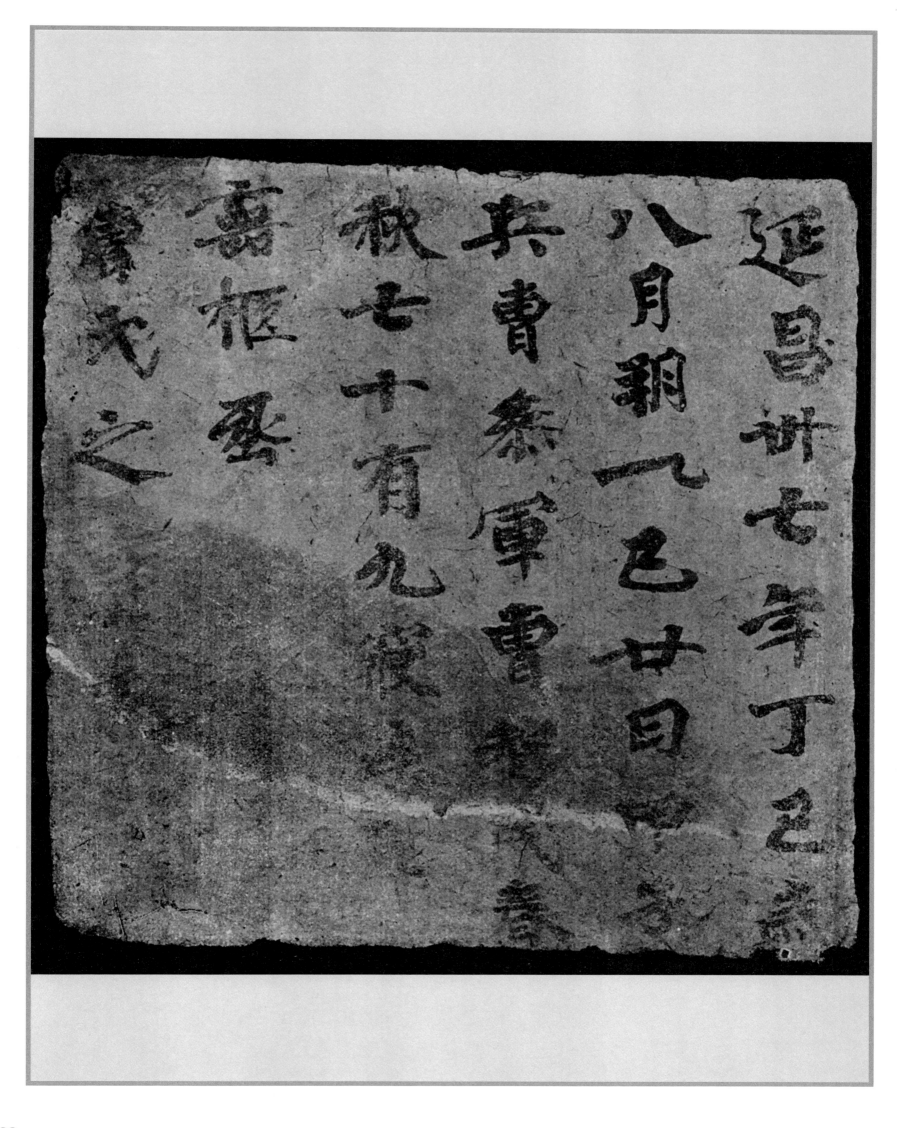

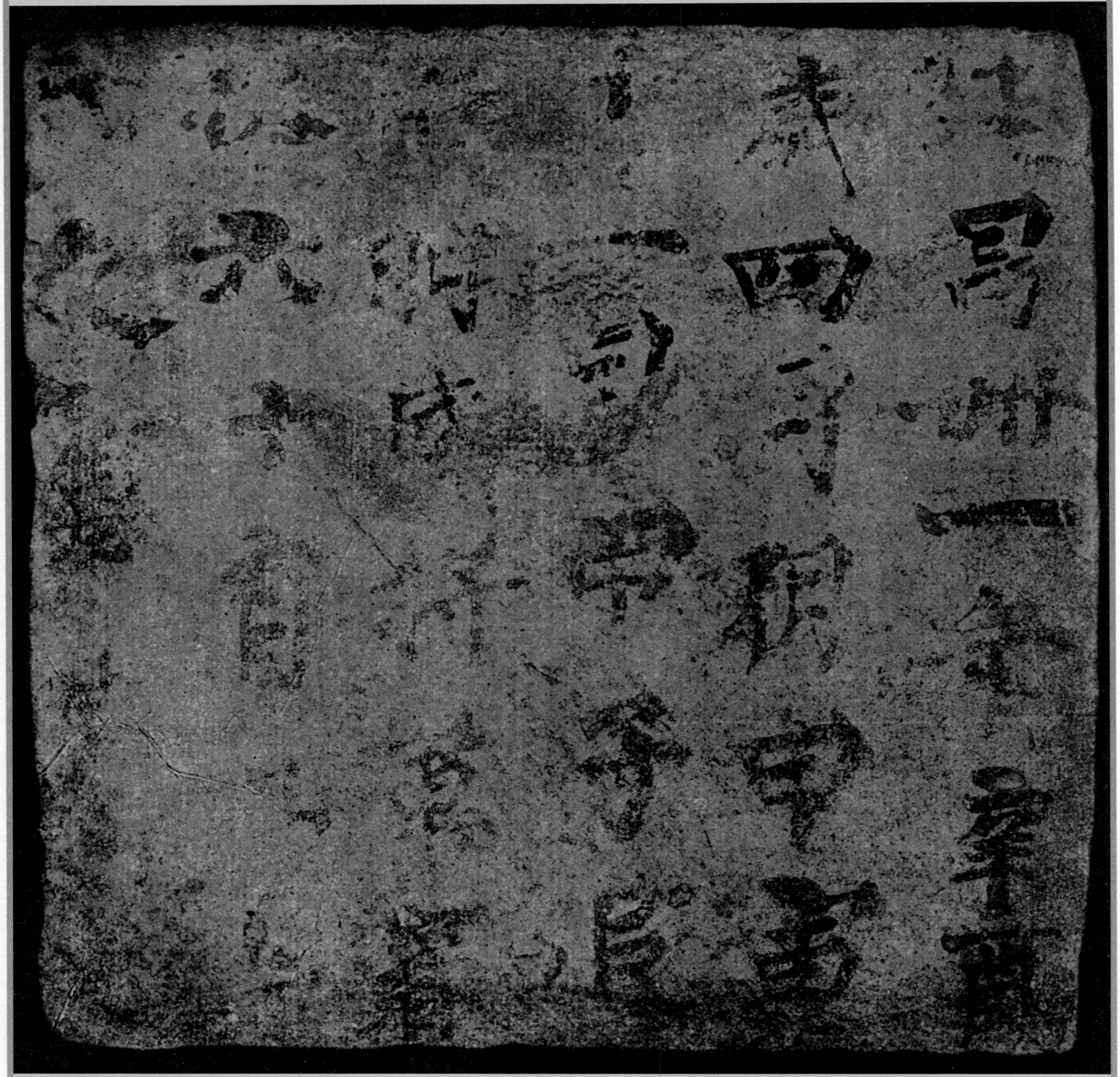

延昌卅一年辛酉歲，四月朔甲寅，十一日甲子。追贈明威將軍，春秋六十有二。馬氏之墓表。

延和三年甲子歲，九月朔甲午，二日乙未。鎮西府□□叅軍趙榮宗妻□氏，春秋八十有□。趙氏之墓表。

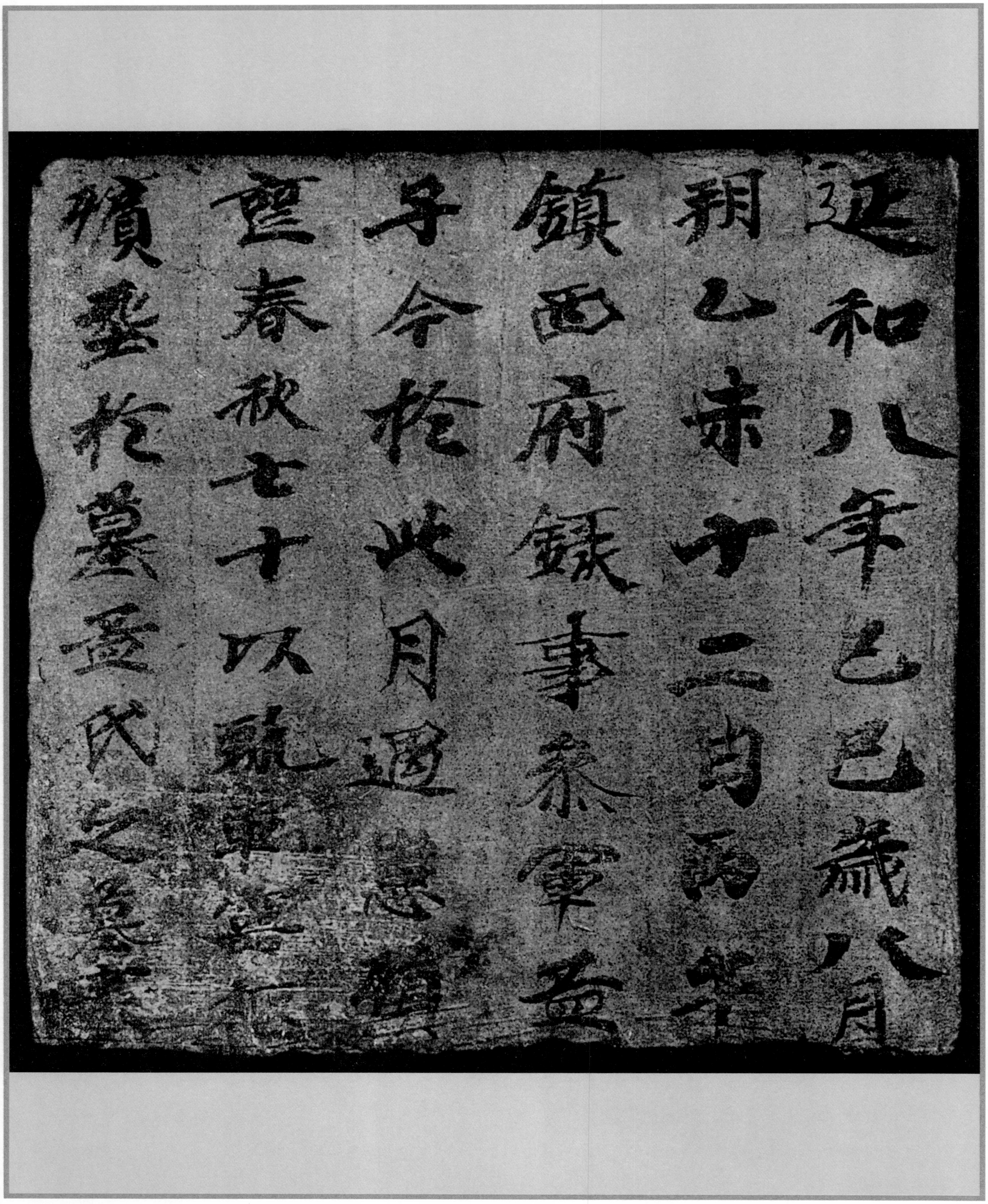

延和八年己巳歲，八月朔乙未，十二日丙午。鎮西府録事叅軍孟子，今於此月遇患殞𡧍，春秋七十。以蚖車靈柩殯堊於墓。孟氏之墓表。

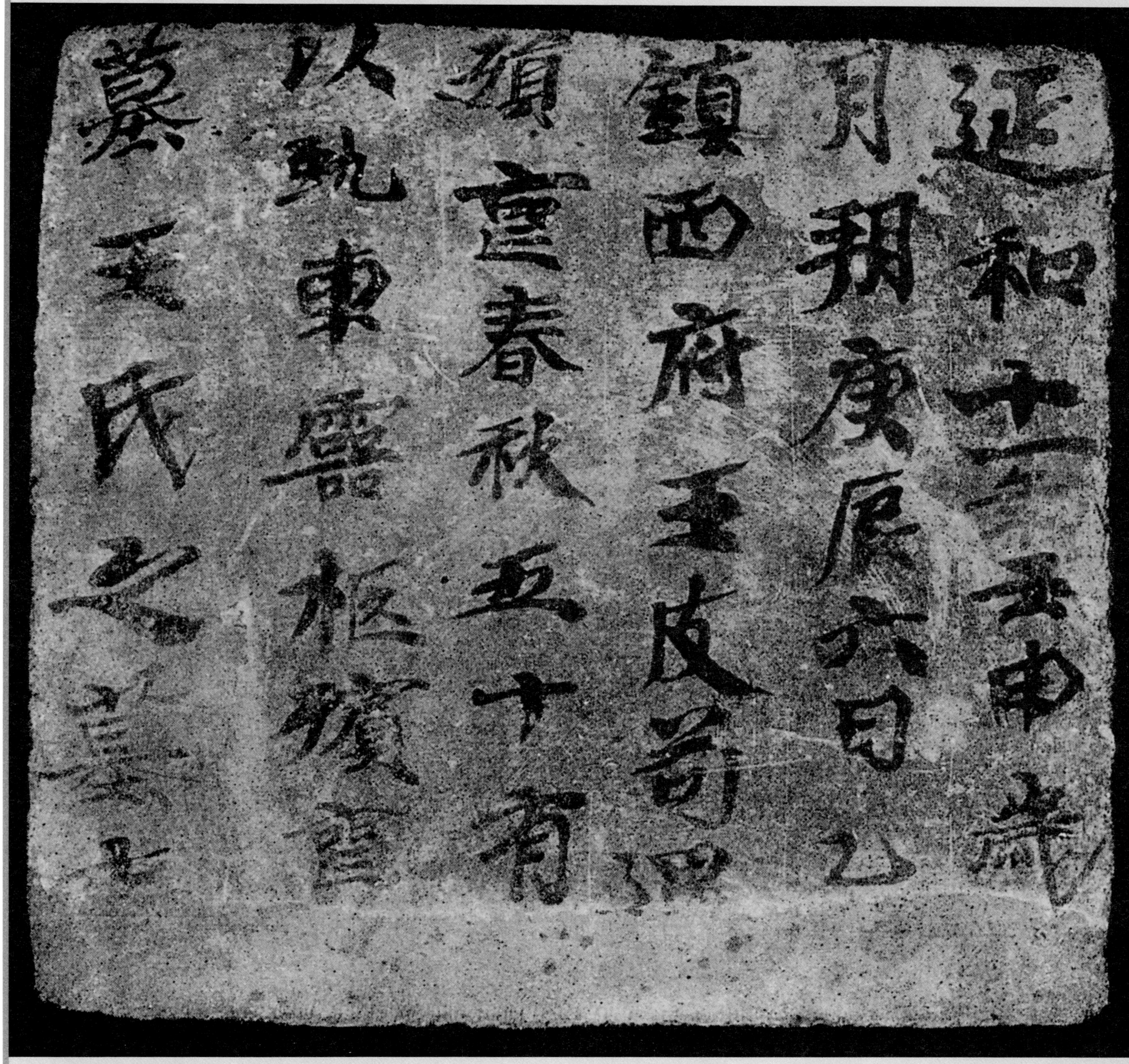

延和十一年壬申歲，□月朔庚辰，六日乙□。鎮西府王皮苟遇□殯塟，春秋五十有□。以蚖車靈柩殯塟□墓。王氏之墓表。

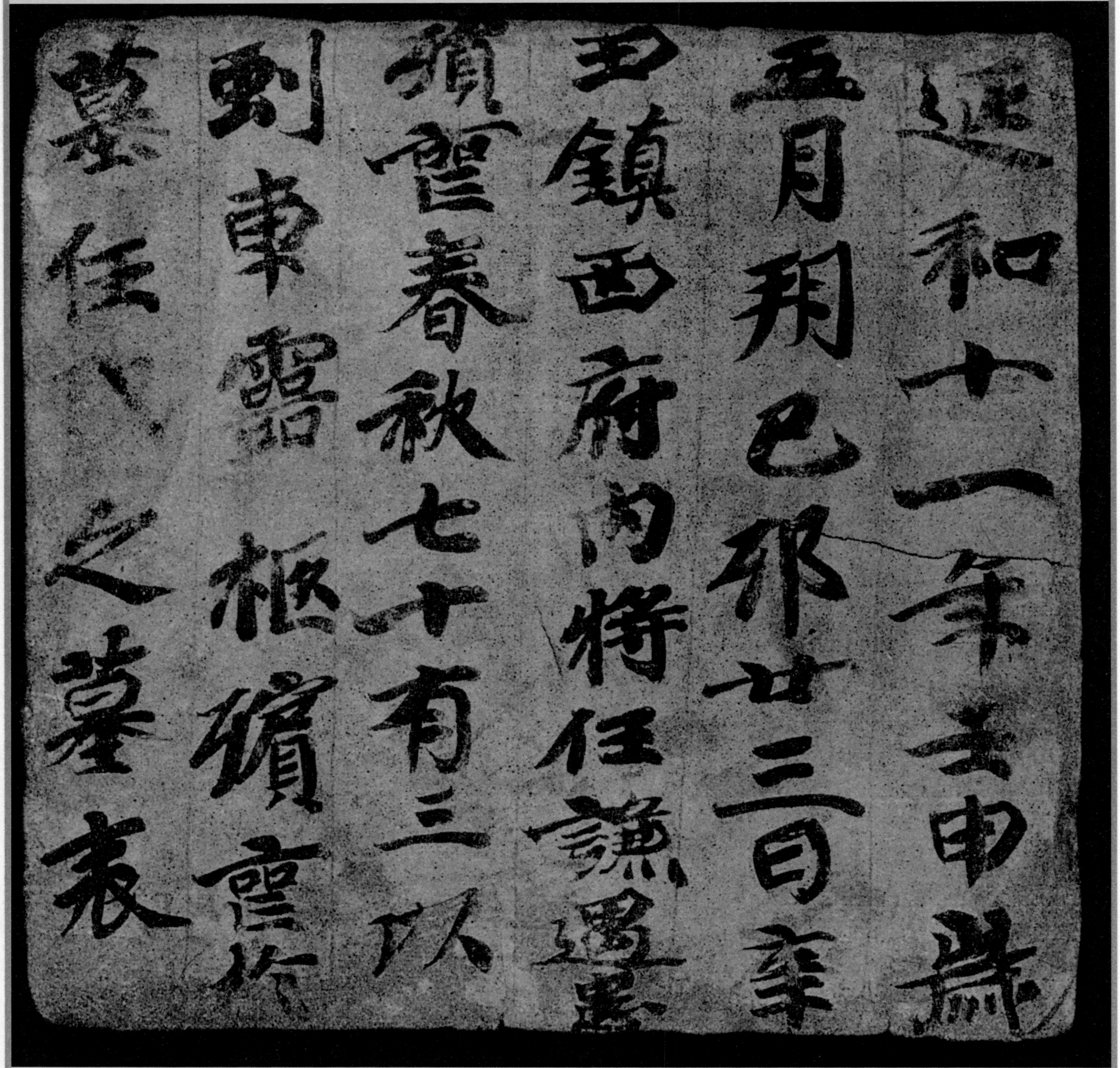

延和十一年壬申歲，五月朔己卯，廿三日辛丑。鎮西府内將任謙，遇患殞喪，春秋七十有三，以剑車靈柩殯窆於墓。任氏之墓表。

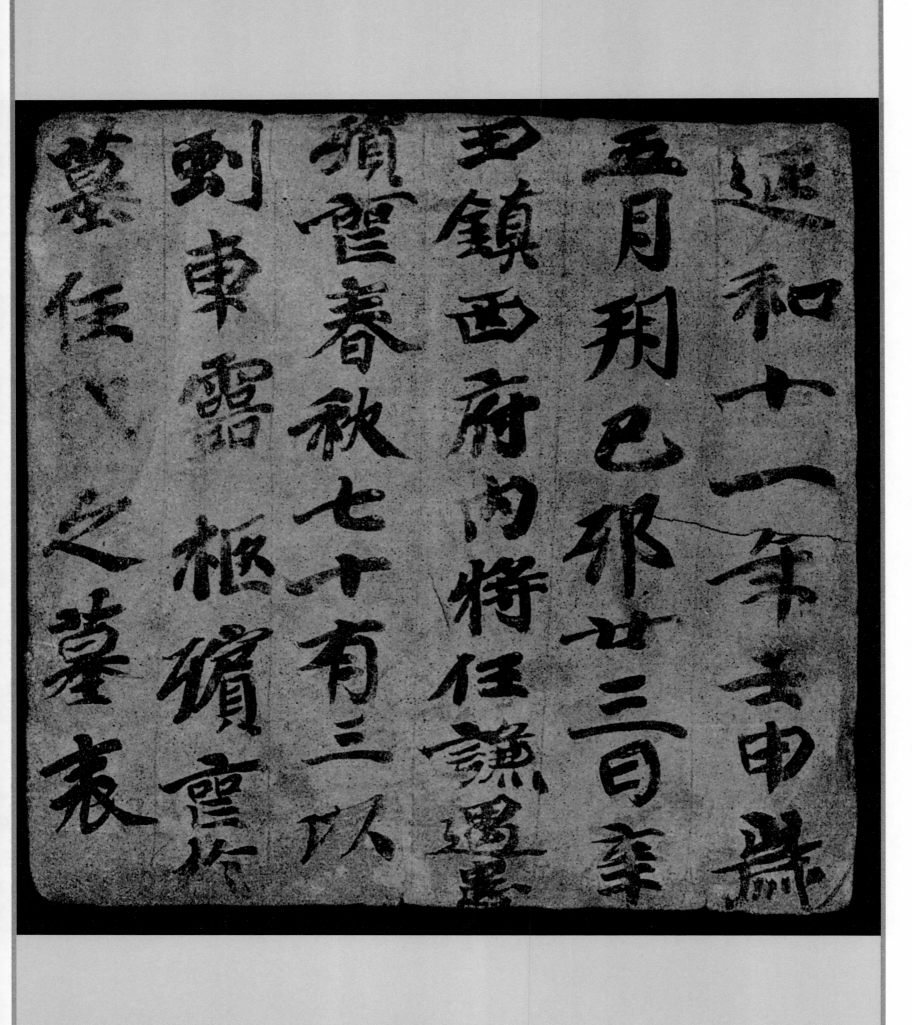

延和十二年癸酉歲，正月朔丙子，十六日辛卯。鎮西府張伯廋妻王氏，遇患殞喪。春秋五十有二，以蚘車靈柩殯瘞於墓。王氏夫人之墓表。

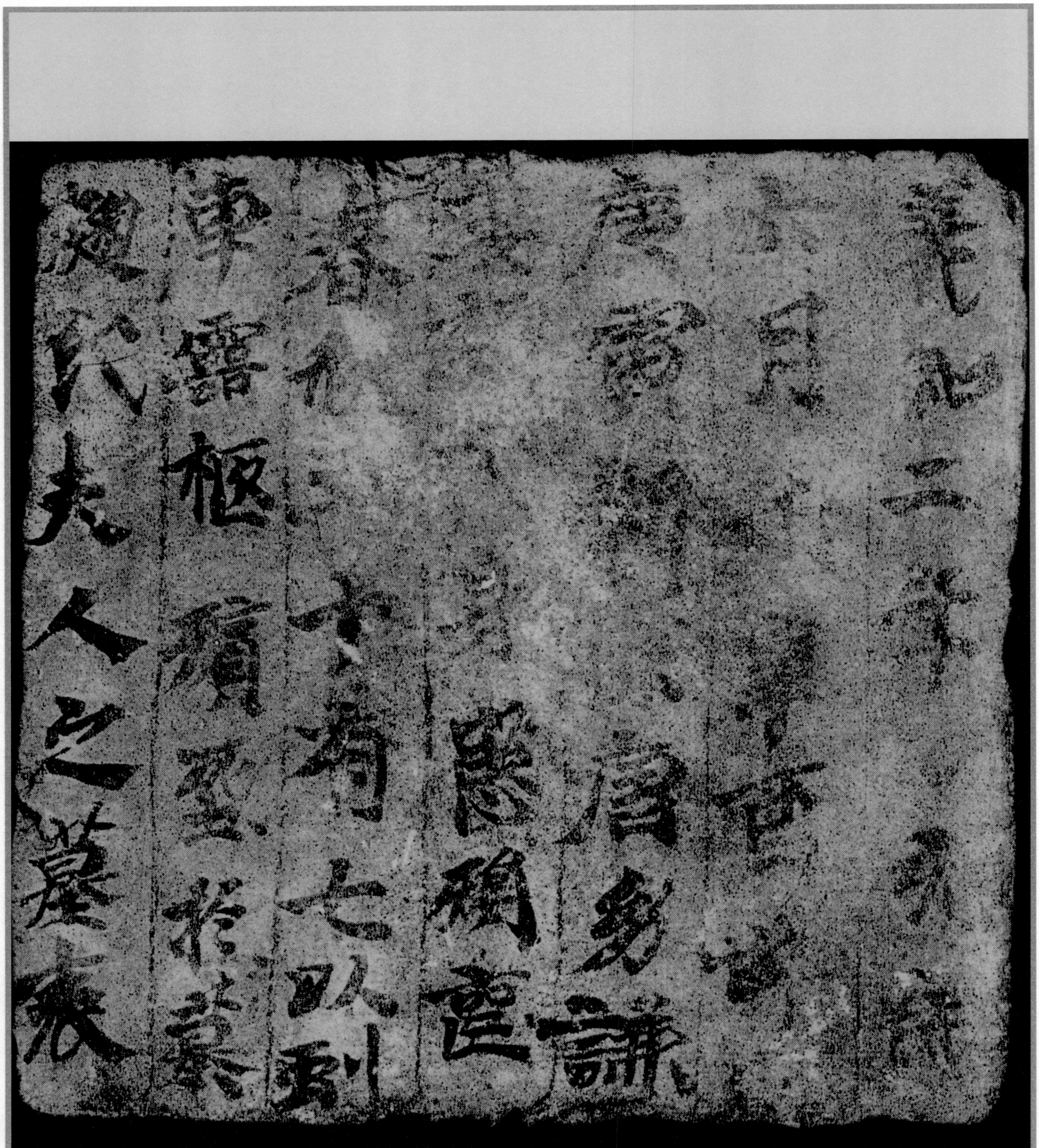

義和二年乙亥歲，六月朔辛酉，卅日庚寅。新除唐幼謙妻麴氏，身患殞喪，春秋五十有七。以剉車靈柩殯埊扵墓。麴氏夫人之墓表。

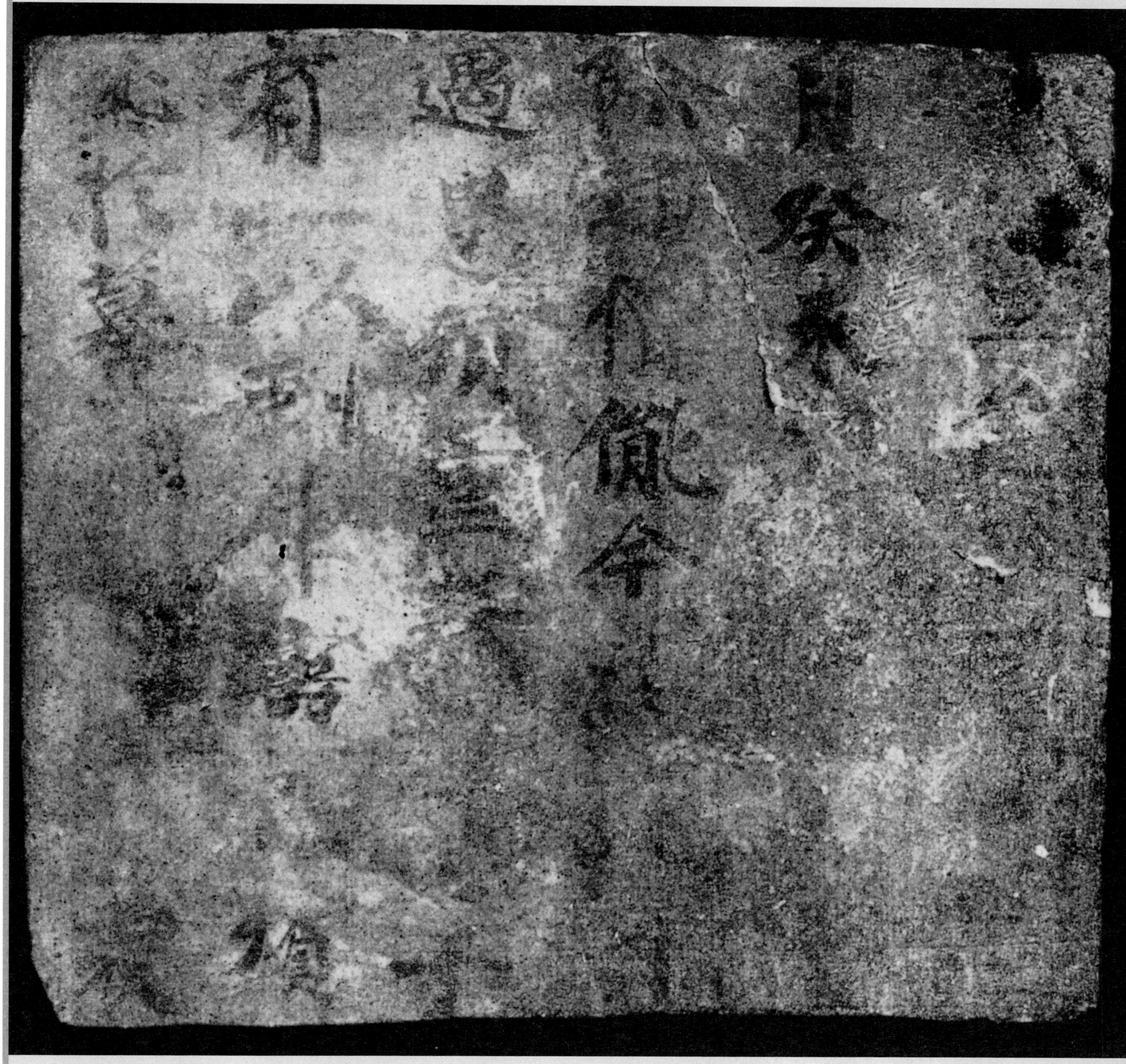

義和三年丙子歲，十二月癸未朔，六日戊子。新除趙僧胤，今于此月遇患殞喪。春秋七十有一，以蚖車靈柩殯瘞扵墓。趙氏之墓表。

重光元年庚辰歲，十一月廿三日。劉保歡之墓表焉。

重光二年辛巳歲，十二月甲寅朔，十四日丁卯。鎮西府客曺叅軍張保守，春秋五十有五，以剣車靈柩殯埿於暮。張氏之暮表。

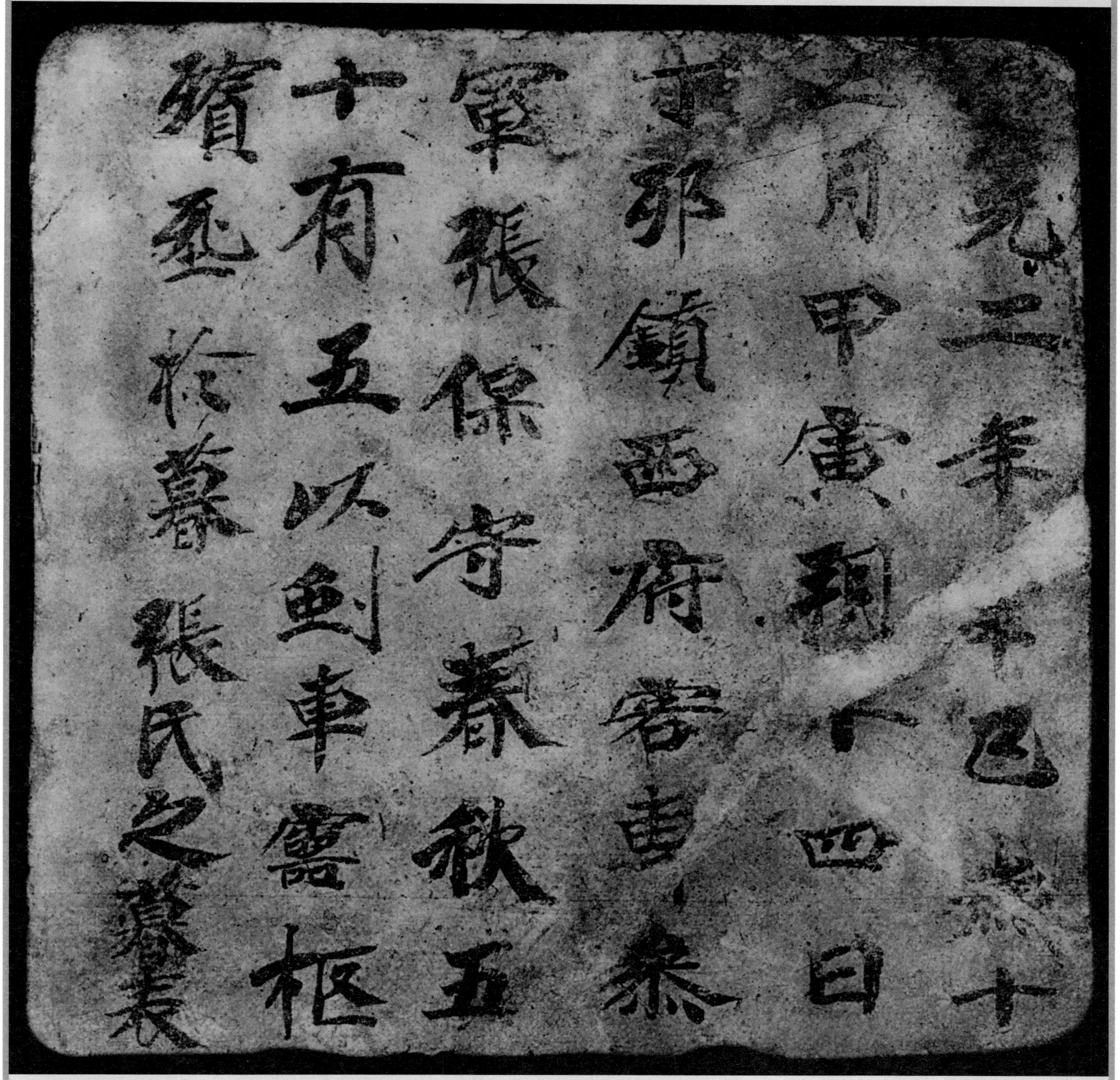

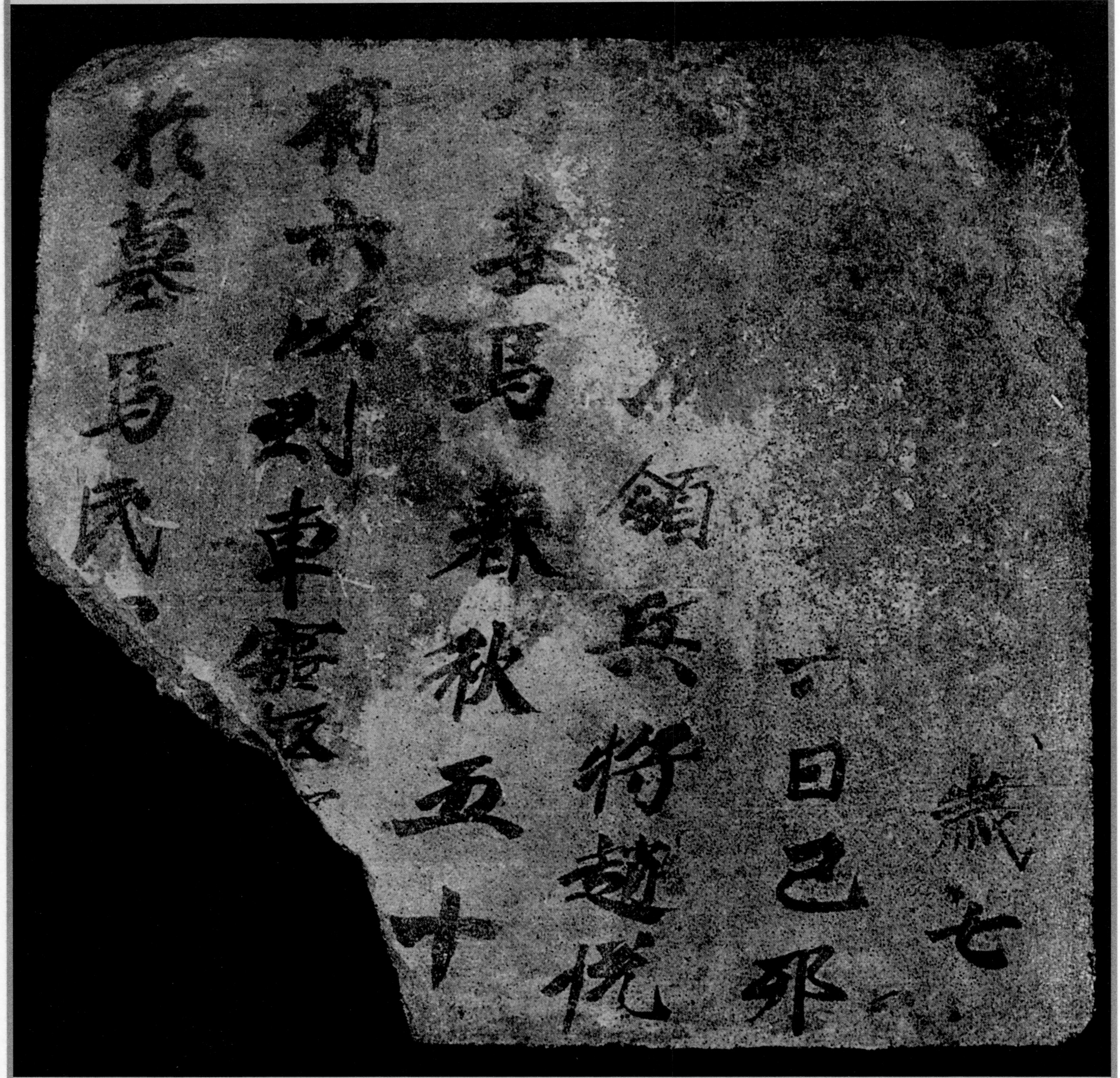

延壽七年庚寅歲，七月甲子朔，十六日己卯。鎮西府領兵將趙悅子妻馬，春秋五十有六，以剑車靈柩□□拎墓。馬氏□□□。

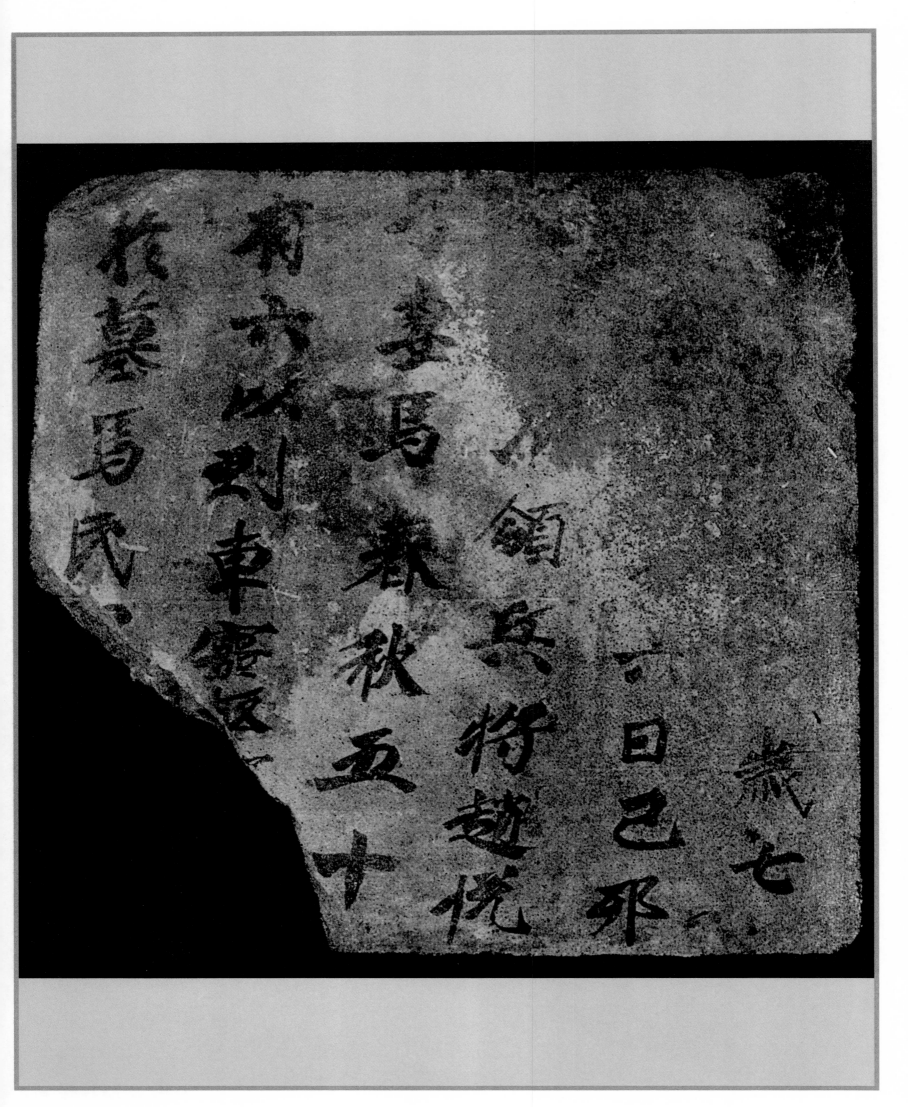

延壽八年辛卯歲，正月辛酉朔，十三日水酉。鎮西府曲尺將曺妻，春秋六十有四，以剑車靈柩殯巠於墓。蕴氏之墓表。

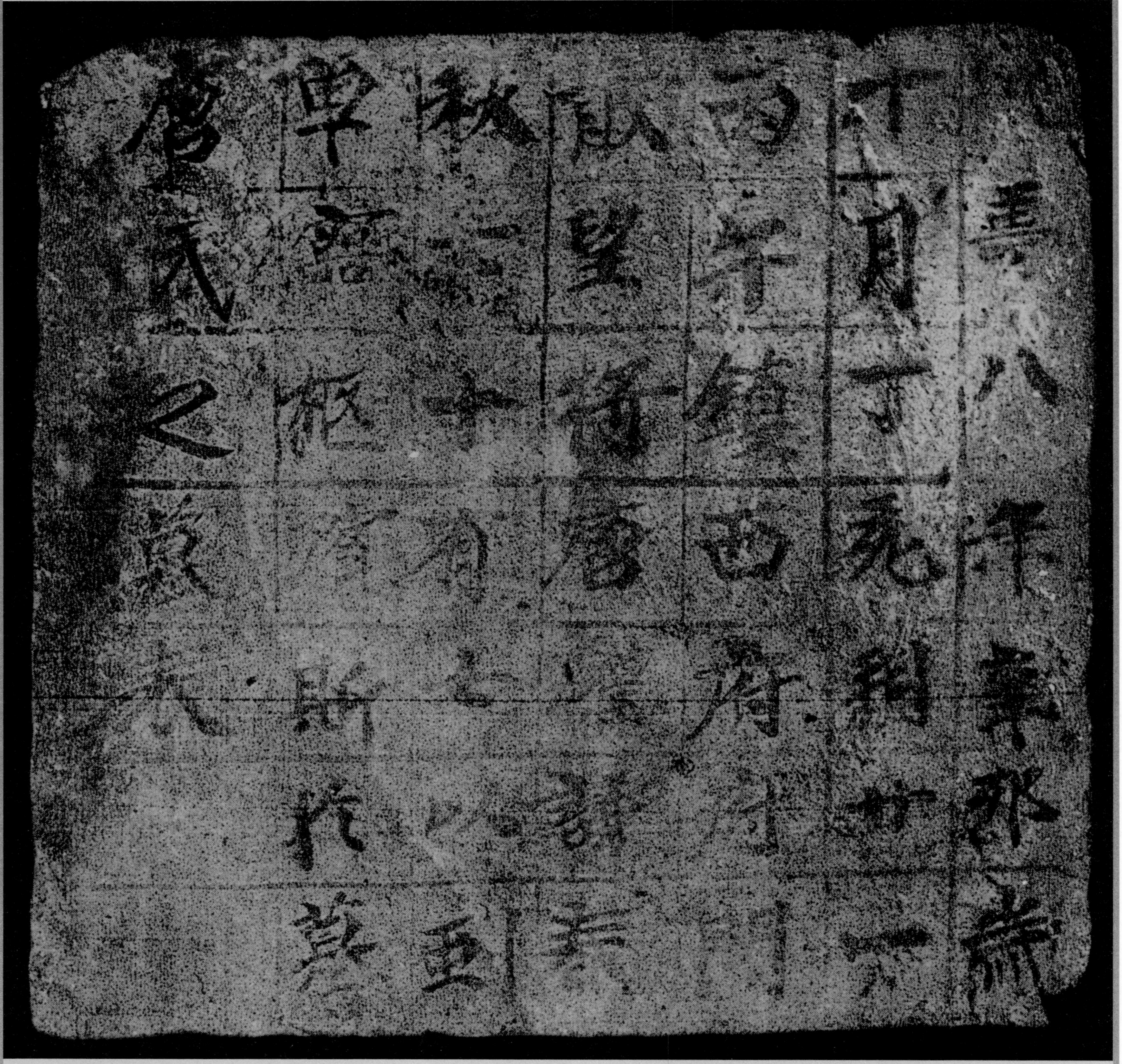

延壽八年辛卯歲，十月丁亥朔，廿一丙午。鎮西府府門散望將唐耀謙，春秋七十有七，以剉車靈柩殯斯於墓。唐氏之墓表。

延壽九年壬辰歲，四月甲辰朔，廿七日庚戌。鎮西府領兵將趙悦子，春秋六十有六。以剣車靈柩殯□於墓。趙氏之墓表。

延壽十一年歲次甲午，正月朔甲戌，下旬四日。西府交河郡民任法悦，新除虜牙將軍，追贈明威將軍，春秋五十咸三，卆扵辰時。以剑車靈柩殯埿斯墓。任氏之墓表也。

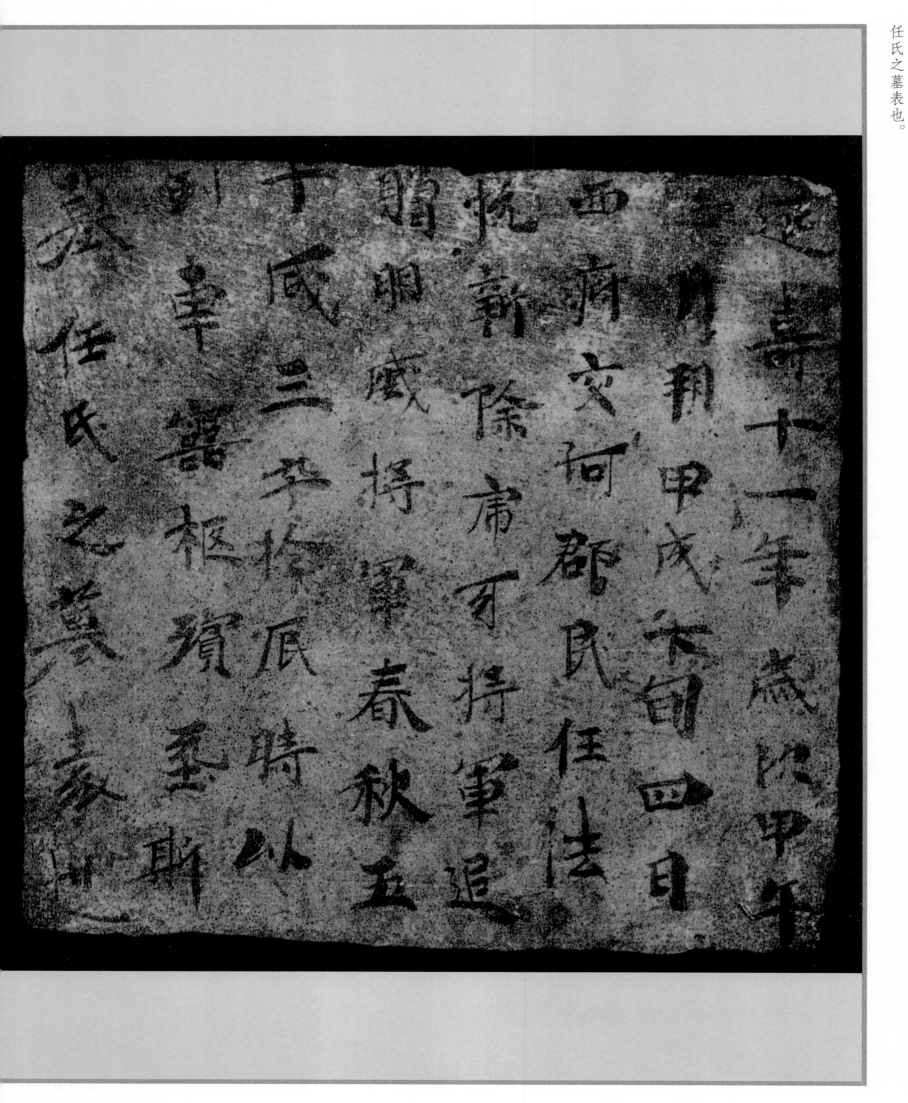

延壽十一年甲午歲，九月朔庚午，廿六日乙未。鎮西府交河郡□爲交河岍上博士，田曹叅軍唐阿朋，春秋六十有六。以剣車靈柩殯斯於墓。

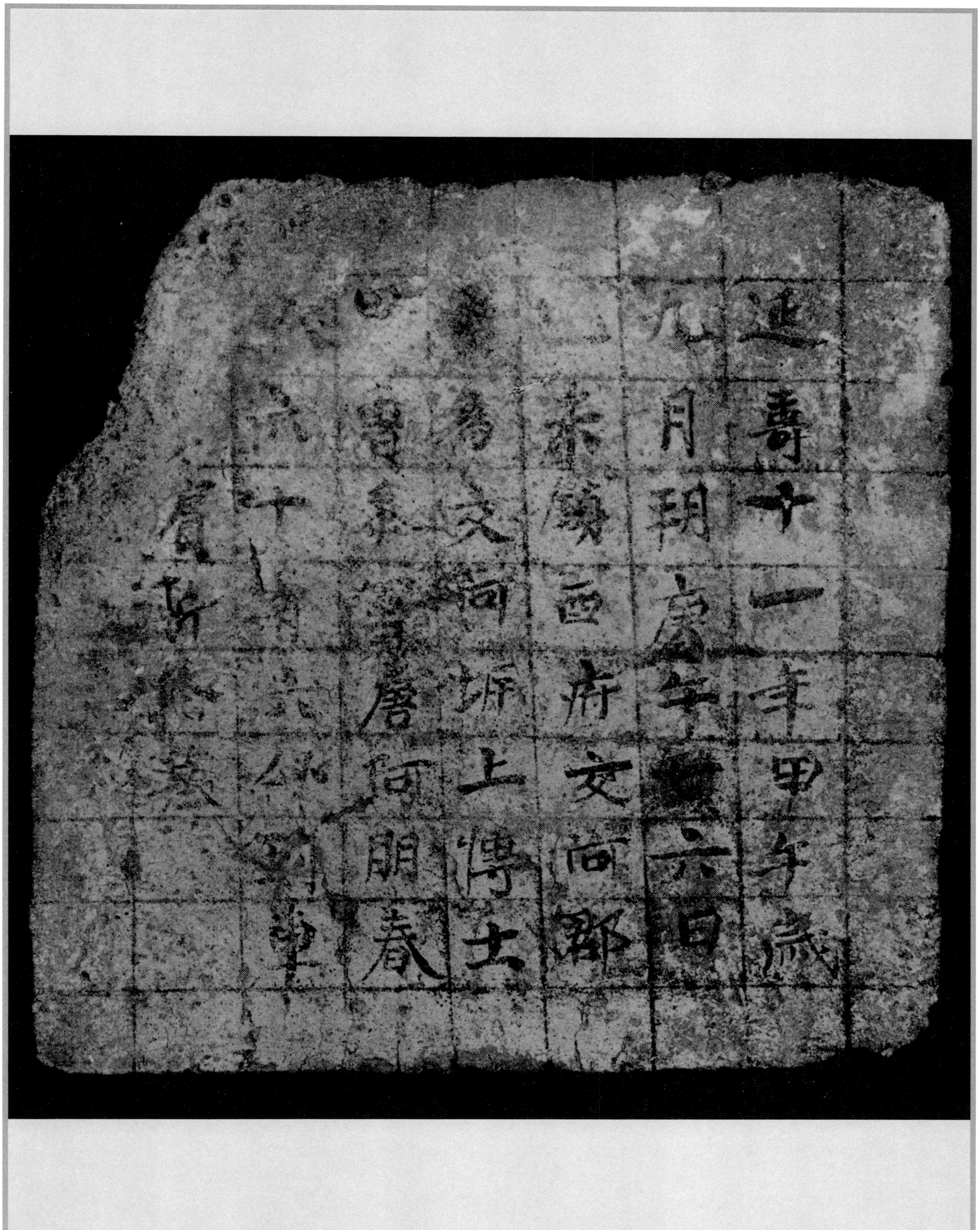

延壽十三年丙申歲，二月朔辛酉，四日薪除甲子。交河郡民鎮西府兵將王闍桂，遇患殞喪。春秋七十有二。以剉車靈殯瘞於墓。王氏之墓表。

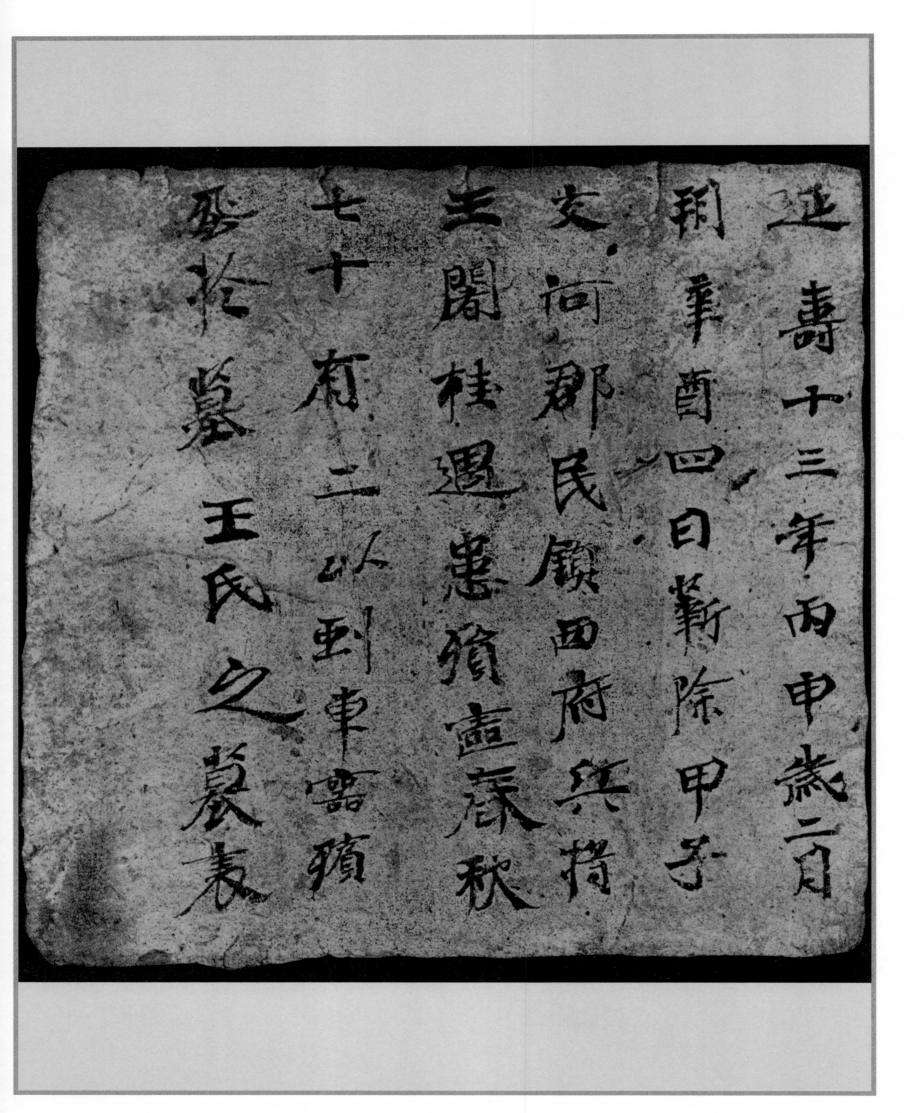

貞觀十五年二月朔壬辰，廿三日甲寅。交河縣民鎮西府内將任阿悦妻劉，春秋六十有三。以虬轎靈殯埿斯暮。任氏之墓表。

貞觀十八年歲次甲辰，十月朔辛丑，十五日乙卯。西州交河縣民岸頭府旅帥唐神護，春秋卌有七。以剑車靈柩殯埿扵墓。唐氏之墓表。

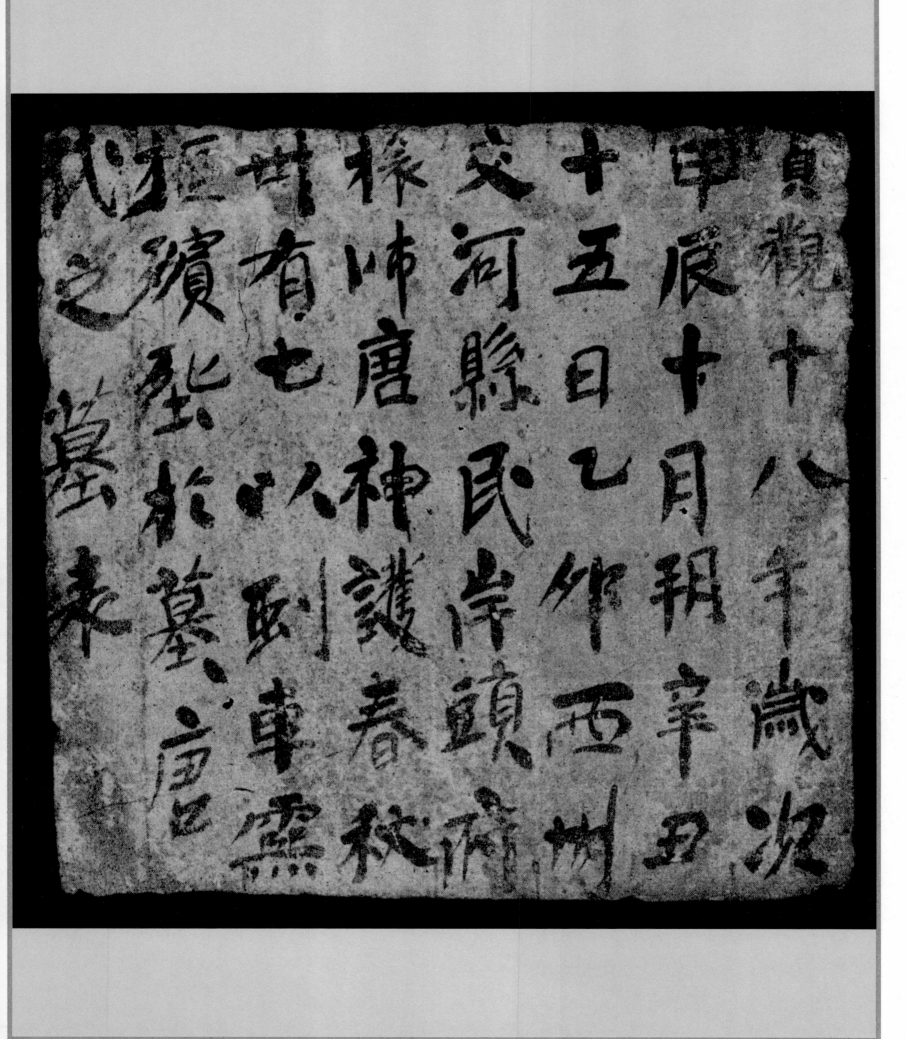

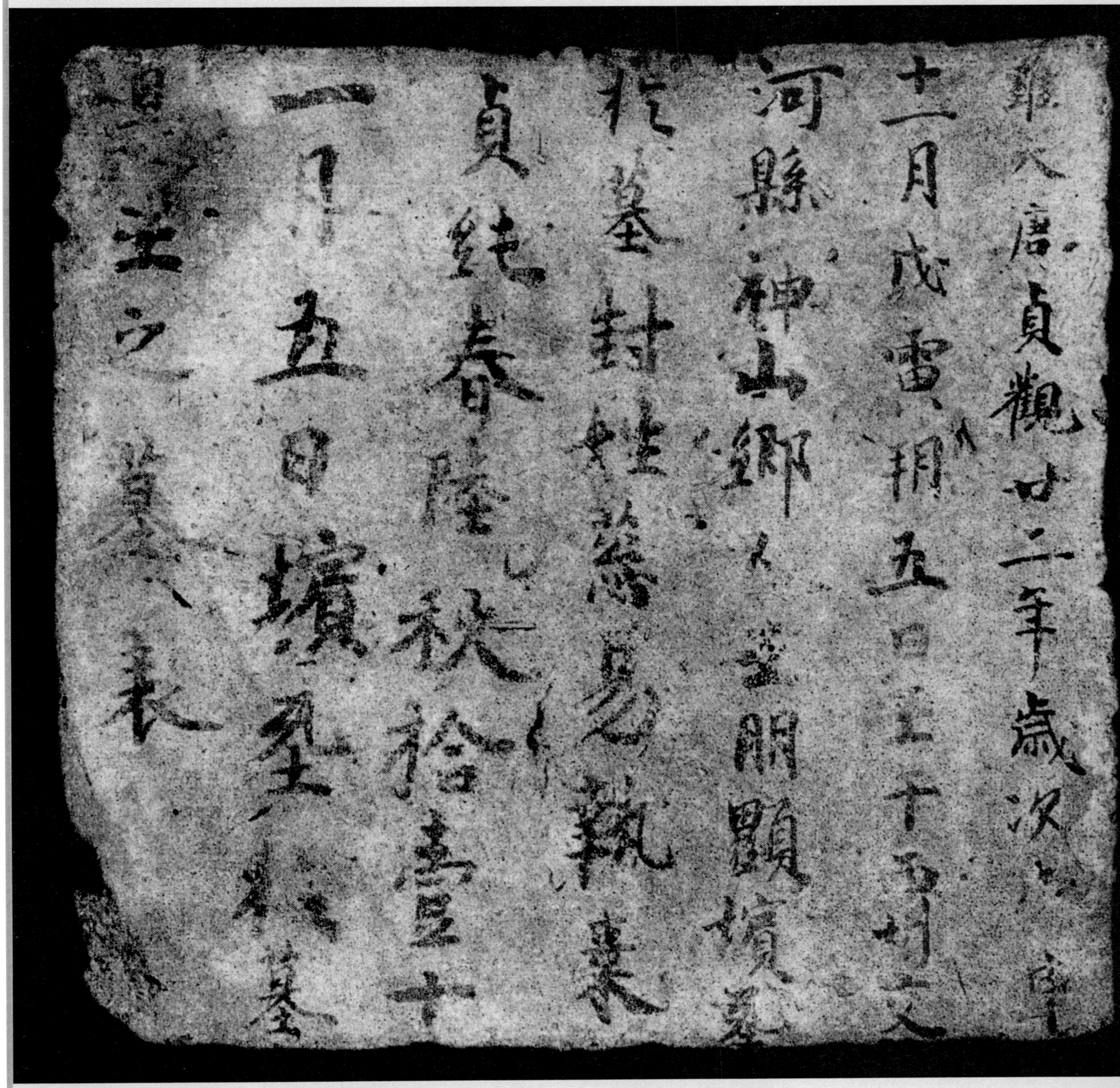

維大唐貞觀廿二年歲次戊申，十一月戊寅朔，五日壬午。西州交河縣神山鄉人，王朋顯殯埊於墓。封姓苾易，執秉貞纯。春陸秋拾壹（為春秋陸拾壹——編者注）。十一月五日殯埊於墓。是王之墓表。

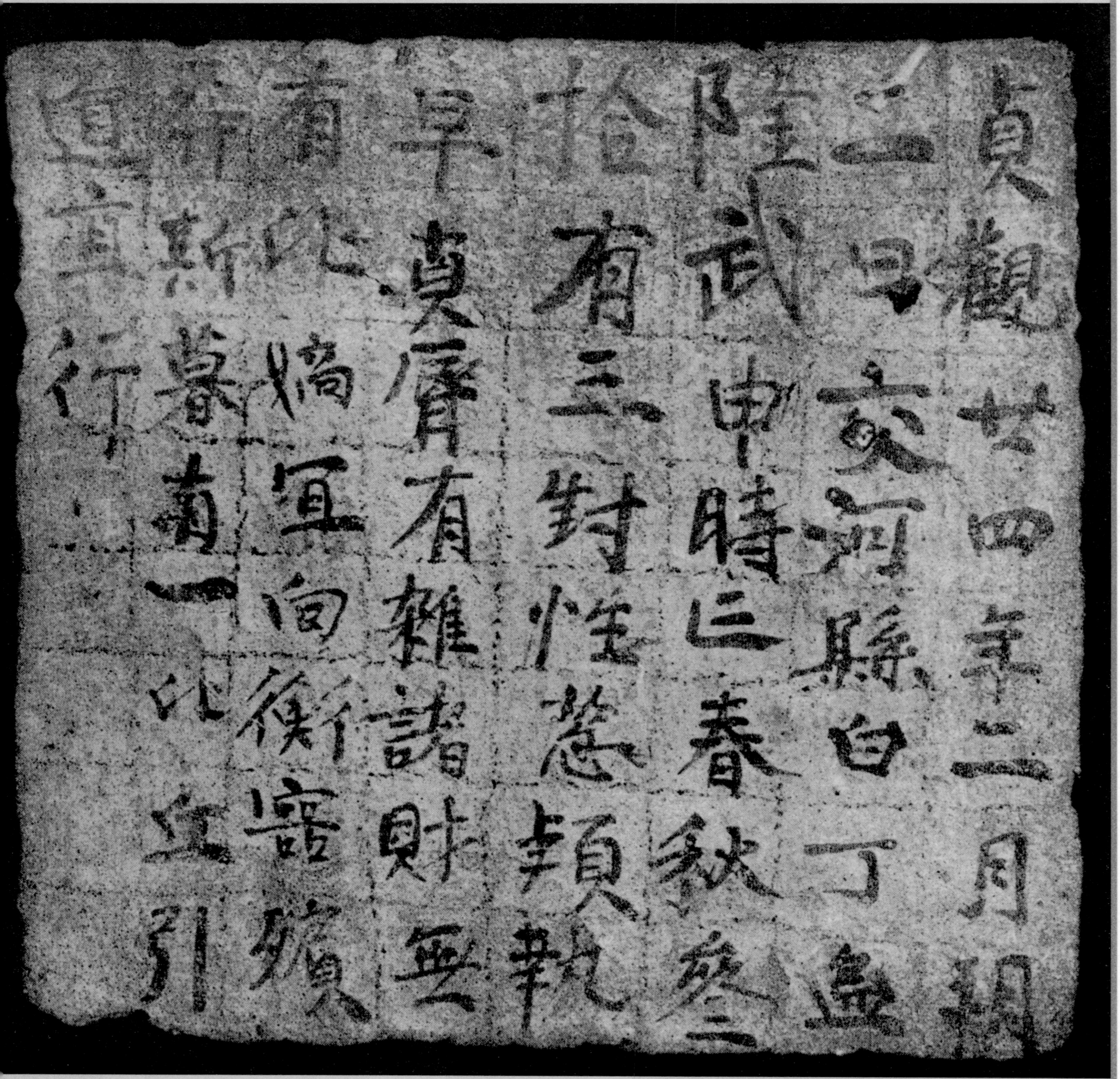

貞觀廿四年，二月朔二日。交河縣白丁，孟隆武申時亡。春秋叁拾有三。封性惹穎，執早貞脣，有雜諸財，無有比嫡。宜向衡靈，殯葬斯暮。有一比丘，引道宜行。

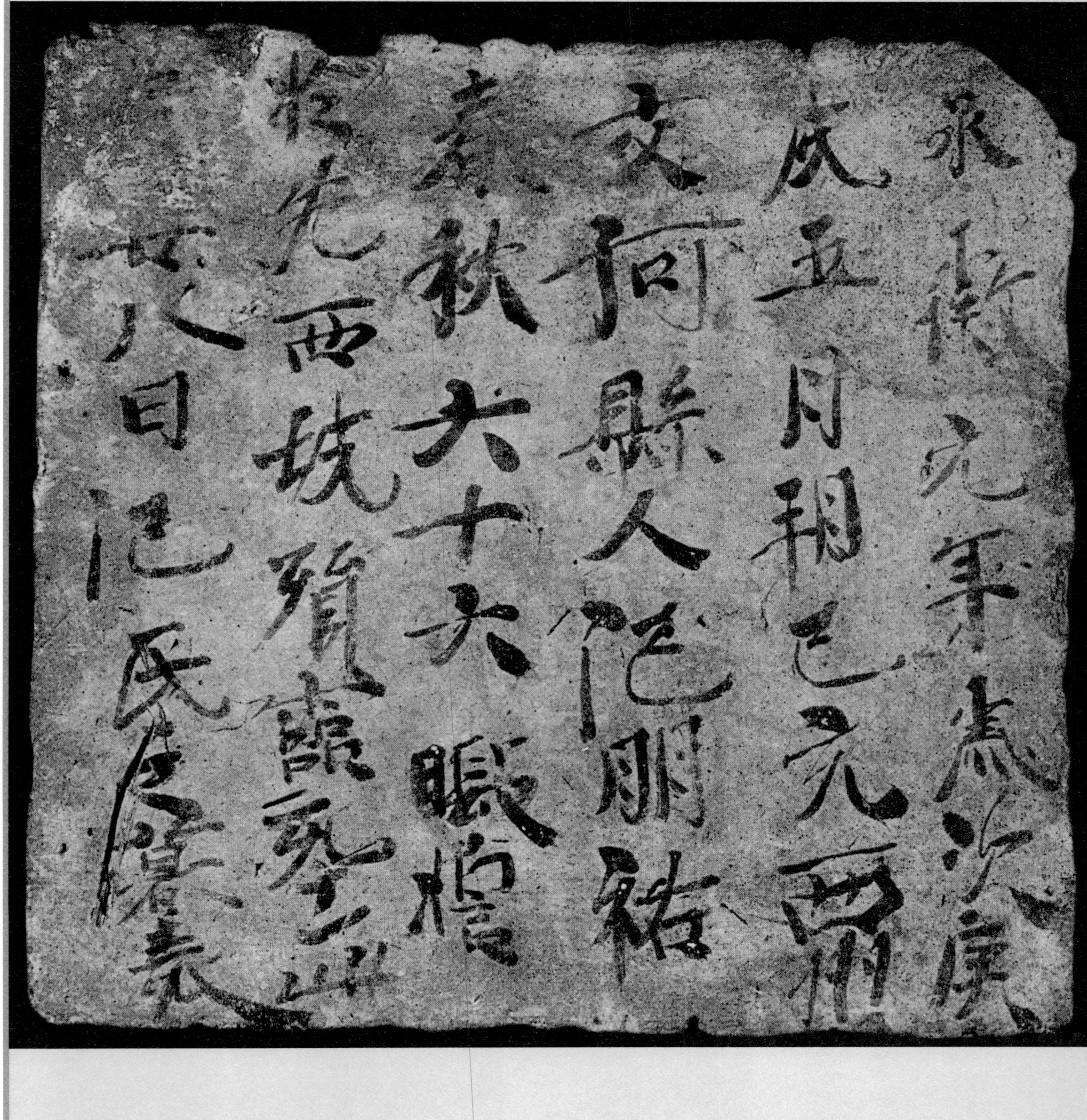

永徽元年歳次庚戌，五月朔巳亥。西州交河縣人汜朋祐，春秋六十六。暇誓拎先西城殯靈埿此□廿八日。汜氏之墓表。

維麟德元年四月卅日，翟郁寧昏母康波蜜提墓至既。（行款左行——編者注）